FLAME TREE LANE

(℮

CULTURAL LEGACIES

Series editors
Marina Carter
Shawkat M. Toorawa

Pink Pigeon Press and The Hassam Toorawa Trust are collaborating to bring into print new, neglected or hitherto unknown contributions to the culture, history and literature of the Mascarenes and associated islands in the southwest Indian Ocean.

We hope that the series will serve not only as a useful research tool for students and scholars but will also offer non-specialists and general readers an opportunity to discover more about the past and present of these fascinating complex societies.

The first publication in the Cultural Legacies series is a novella by preeminent Mauritian writer and activist Dev Virahsawmy.

The Editors welcome comments and suggestions from readers. The Editors can be reached at <info@ pinkpigeonpress.com>

Dev Virahsawmy

FLAME TREE LANE

LENPAS FLANBWAYAN

translated by
Shawkat M. Toorawa

Pink Pigeon Press * A Solitaire Book

Published by
Pink Pigeon Press
92 Greenfield Road, London, England

in association with
The Hassam Toorawa Trust
P. O. Box 16, Port Louis, Mauritius

Solitaire is an imprint of
The Hassam Toorawa Trust

ISBN 978-0-9539916-4-8

Designed by Jeanne Butler
Cover art by Siddick Nuckcheddy

Printed and distributed by ISD
www.isdistribution.com

Printed in the United States of America

Contents

Foreword
"detrwa tipetal rouz…"

Françoise Lionnet

In early March 2011, two news items about Mauritius landed in my inbox almost simultaneously: one, a glowing article in the U.S. news magazine *Slate*, titled "The Greatest Country on Earth", and the other, a denunciation of greed and environmental damage on the coast of the island, published in the Mauritian daily *L'Express*.

In the first article, Joseph E. Stiglitz, the Nobel laureate in economics and professor at Columbia University in New York, rightfully sings the praises of the "Mauritius miracle", which he offers as model. He praises the postcolonial nation, lauding this "small country" for its strong democratic institutions and for providing its citizens with free university education, free health care, and broad access to home ownership.

The second item was first circulated on an expatriate Mauritian listserv, to which I subscribe, with the following subject line "Razzia sur les plages" [Carnage on the Beach] and the text of the *L'Express* article signed by Bertrand Hérisson. In it, the journalist reports on the reckless felling of a row of beautiful, historic, and supposedly protected, hundred year-old flame trees. Despite strong opposition by neighbourhood groups, the privatisation of public lands continues apace, in order to make room for the expansion of a combined hotel and real estate development project near the coast in Mon Choisi.

The marked contrast between these two articles, published within two days of each other, and the human and ecological issues they both raise, exemplifies the complexities of daily life in Mauritius, a complexity that Dev Virahsawmy has always tried to communicate with affection, humour, and perspicacity as well as an unerring sense of urgency and crisis. His insightful vision dovetails with all the major social and economic concerns that affect our planet today.

The novella *Lenpas Flanbwayan* or *Flame Tree Lane*, written in 2007, and published here for the first time in both Kreol Morisien and a splendid English translation by Shawkat Toorawa, deserves a special place in Virahsawmy's long career as a poet, dramatist, linguist, teacher, social critic, and cultural icon whose broad-ranging contributions have provided a unique commentary on the evolution of the nation from the moment of independence to the 21st-century age of globalisation. *Lenpas Flanbwayan* is a prophetic tale that warns against predatory development, global economic downturns, and the need to be self-reliant, to "depann lor nou prop lafors" [depend on our own strengths] when "Bann pei ek rezion ki ti kapav ed nou ti pli dan pens ki nou" [The countries and neighbouring regions that might have been able to help us were worse off than we were].

Since 2007, the world has been limping from financial crisis to recession and real estate disasters in many developed nations where predatory capitalism and greed are the rule. Environmental catastrophes have occurred in Haiti and New Orleans, in the Gulf of Mexico, New Zealand, Italy, Chile, and now Japan. I write these lines in Japan, after two wonderful conferences at Nagoya University and Hitotsubashi University in Tokyo. I am now waiting for our flight out of tsunami-ravaged Japan and its looming nuclear tragedy. The conferences were, in part, about Mauritian literature and included the participation of Rie Koike, a Japanese specialist of the work of Dev Virahsawmy. We had a rich and rewarding exchange around topics often inspired by Virahsawmy's own creative engagement with the realities of insular regions, the need for social progress, and the dangers of uncontrolled economic growth that only favor selfish change — or what he warns against here: "sanzman ti touzour dan mem direksion: zwisans endividiel" [the change was always in only one direction: every man for himself]. The fallout from the 2011 earthquake and the subsequent nuclear dangers sadly prove critics right when they bemoan the profits-at-all-cost attitude laced with criminal negligence of many government agencies and business concerns.

In *Lenpas Flanbwayan*, the dramatic dialogue of Chapter 7 is a hilarious but sadly relevant and prescient view of irresponsible development and unfair practices: "Nivo dilo monte, sa li enn katastrof natirel [...]. Me

ix

enn bom, li pa enn katastrof natirel" [The rising water is a natural disaster […]. But a bomb, that's not a natural disaster] says the "Cherpersonn", to which one of the board members replies "Samem mo ti pe dir. Teknolozi ena solision pou tou" [That's what I was saying. Technology has a solution for everything]. If there is an apocalypse, the "Cherpersonn" suggests, contracts will become irrelevant. Virasawmy pushes the thought to its logical extreme: dishonest parties are willing to risk tragedy to get out of their obligations; environmental cataclysm inevitably trumps legal and economic plans. His dark irony thus sets up a revealing contrast that foreshadows the menace implied in the first and last lines of the final chapter: "Nivo lamer ti pe kontinie monte. Enn saler torid ti pe bril partou" [The sea level kept rising. Everywhere a sweltering heat burned], and "Nou tou nou ti dan lenpas. Eski flanbwayan ti pou fleri sa lane la?" [We were at an impasse. Would the flame trees bloom this year?].

The majestic flame tree is a recurring image in Virahsawmy's work. It is a symbol of the beauty and abundance of tropical nature. Often painted by local artists, it also figures in our literary corpus. In one of his own poems, Virahsawmy writes, *"detwra tipetal rouz pa fer banane"*, or "a few red petals do not a summer or a new year make": that is, it takes more than a few petals of the flame tree to determine the exact character of our insular realities. But what this 2007 novella — and the crises of 2011 — can show us is that without respect for our ecosystem, we may be left without any flame trees at all, and with no seasons and no ecology to sustain us.

Lenpas Flanbwayan is an ode to Mauritius, a memoir

of local people and places, and a parable in defense of our fragile planet. Virahsawmy achieves all of this in a language that is as poetic as it is prophetic, and his intervention contributes to global debates about politics, history, geography and identity. Can literature help us re-imagine the future in order to renew our commitment to justice and freedom, to promote change and to protect our habitat? The novella answers with a resounding "Yes" to this age-old question about the role of writers and artists in the public sphere of democracy.

Tokyo-Los Angeles, March 2011

Texts cited

www. slate.com/id/2287534 (accessed 7 March 2011)

www. lexpress.mu/services/archivenews-21919-grosse-colere-apres-l-abattage-de-flamboyants-centenaires-a-mon-choisy.html (accessed March 9, 2011)

Preface

Shawkat M. Toorawa

In the winter of 2008, during a visit to Mauritius, I called Dev Virahsawmy and asked if I could drop by and say hello; I had not seen him in four years, though we had remained in touch by email. As always, it was a pleasure to see him and to catch up. He has for a long time been a hero of mine, someone who as a citizen calls it like it is, pulling no punches and maintaining integrity through it all, and someone who as an artist takes the path less traveled, forging ahead and, in this too, maintaining integrity through it all.

I had seen his wonderful play, *Toufann*, performed at the Plaza in Rose-Hill years before and subsequently wrote about the play;[1] and I agreed to write a biographical entry on the Syro-Lebanese poet Adonis for a reference work if I could also write one on Dev.[2] So I had, in a small way, revealed my admiration. But I did have one more wish, namely to publish something by him. I asked and with characteristic magnanimity Dev offered me his

November 2007 novella, *Lenpas Flanbwayan*. He did have one request, however—that I also translate it into English. I was floored, both by his confidence in me and by the immensity of the task: to translate the most prolific and gifted writer in Morisien. I agreed, though it has taken several years.

In 2010, over fishcakes at a pub on the North bank of the Thames, I proposed to Marina Carter that we publish Dev's work together, a collaboration between Pink Pigeon Press and The Hassam Toorawa Trust through its new publishing imprint, Solitaire. Marina and I had been talking about collaborating on a number of projects and decided that this volume would be an ideal inaugural work in a series we are calling 'Cultural Legacies'.

Flame Tree Lane was ready in mid-2011, but Marina and I decided to have the volume appear in 2012 as a tribute to Dev on the occasion of his seventieth birthday; this also gave me to time to finalise a bibliography of Dev's literary works, which we are delighted to be able to publish along with the translation, proceeds from which will be donated to Maurice Ile Durable, a longterm project and vision for sustainabe development in Mauritius.

Notes

[1] "'Translating' *The Tempest*: Dev Virahsawmy's *Toufann*, Cultural Creolization, and the Rise of Mauritian Kreol", in *African Theatre* 3 (2000): 125-138.

[2] "Virahsawmy, Dev", in *Reference Guide to World Literature*, vol. 1: *Authors*, ed. Sara and Tom Pendergast, 3rd ed. (Detroit: St James Press, 2002): 1068-1069.

Acknowledgments

One of the chief pleasures of putting together a book is the collaborations that it occasions. It is a pleasure to express gratitude to: my wife, Parvine Bahemia, for her intuitive help with the translation and so much else besides; Arnaud Carpooran (University of Mauritius), for sending me a copy of his dictionary, which I plumbed often; Irfaan Hossany (Bermuda and Mauritius) for valuable feedback on idiomatic expressions; my daughter, Maryam Toorawa, for diligent early assistance; my daughter, Asiya-TanveerJahan, for making me teach her Morisien and thereby teaching me Morisien; the two outside readers, for kindly sharing their judgement; Kader Abdullatif (Manchester), Brett de Bary (Cornell University), Rie Koike (Fuji Tokoha University) and Sarah Pearce (New York University) for invaluable help tracking down references; Jeanne Butler (Interlaken, NY) for so warmly and generously giving of her time and skill in preparing the manuscript and in designing the book, and for her friendship; Siddick Nuckcheddy (Mauritius) for producing a beautiful, original cover painting; Susanne Wilhelm (ISD) for her expertise; Ian Stevens (ISD) for adroitly producing, and judiciously distributing, this book; Françoise Lionnet (UCLA), for graciously writing a pithy and powerful Foreword; Marina Carter for her exuberant and unstinting support; and of course Dev Virahsawmy, for the gift of this book and of his friendship.

Translator's Note

In undertaking the transation, I turned often to the excellent dictionaries prepared by Arnaud Carpooran and Ledikasyon Pu Travayer, respectively. I also consulted several of Ameenah Gureeb-Fakim's wonderful inventories of Mauritian flora. I ran all cruxes by my wife, Parvine, and also asked Irfaan Hossany a number of questions (once even by Skype to Bermuda!). In some instances, I asked Dev himself, especially in the case several expressions that completely eluded me and others. I also asked Dev to go over the whole English translation.

It was important to me to have the translation vetted by those outside the creative process too. After my daughter, Maryam, had proofread the English, Marina Carter sent it out to referees. Françoise Lionnet also provided feedback, after reading it in advance of writing her Foreword.

One of my teachers at university, George Makdisi, always said that one should let a text "go cold" and then return to it. I did just that and have accordingly made subsequent changes, small tweaks here and there, especially in the case of idiomatic expressions that did not "work" in English. It is my hope that these have strengthened the translation, or transcreation, as Dev calls it. For the purely informational material, a Glossary is provided.

I should mention that proper names were particularly challenging to translate. In the case of the megalopolis, Siti-Ini, I opted for Uni-City, which conveyed for me some of what the Morisien word does. In the case of Danfour, translation was much trickier. Its similarity to Darfur is mentioned at one point; but to retain it in English is to lose the fact that Danfour is (homonymous with) "dan fur", meaning "in an oven (or furnace)". I opted to keep the name in the English, but added a characterisation of it as a "hell-hole". The biggest challenge was the very title of the story. "Lenpas" is the Morisien word for "impasse" (itself a borrowing into English from French), but in Morisien it is a common word for a "lane" or "alley". "Flanbwayan" is a kind of tree; and whereas it can mean "flamboyant" (as in colorful, to describe, say, a personality), in Morisien that is rarely (if ever) the meaning that will occur to a Mauritian: she will invariably think of the beautiful flame tree. So, even though the tree is also know as a flamboyant in English, I decided on "Flame Tree". And because it is a play on words, I do invoke the impasse figuratively with the word "impasse" in the English when it is apposite (and effective).

FLAME TREE LANE

*Flame trees covered in
flowers
Lychee trees full of fruit
Blue light in a joyous sky
Giving birth to a new
year.*
Banané, Banané!
*Come children, let's hold
hands
Let's make a circle and
dance*
Banané, Banané!
*Let's wipe away the past
Let's have a drink to our
health*
Banané, Banané!
*Today life starts again
Come children, let's hold
hands.*

Prologue

Dr. Deva has told me the cancer's spreading. He doesn't think we should operate – waste of time. He's prescribed medication for the pain. I'm not worried, I've lived a good life. I never wanted to live to a hundred. When the big day comes, there's no need to shed any tears but if there's time, it'd be good to finish what needs to be finished.

I'd always wanted to tell the story of my village, the way I knew it, the way I lived it. There was always something that made me put off doing it. Now I have no excuse. My children have given me a laptop – this means I can write, read the news on the internet, watch movies, listen to music, and play card games like FreeCell and Solitaire without leaving my room, sometimes without even leaving my bed. The laptop is a great invention.

If I finish this thing, I'll be able to send it straight to the publisher – I don't want to give anyone any trouble...

Chapter 1

BALA'S STORY

'My Village'

In the village where I was born, there were several paths and lanes that stopped dead at the edge of a gorge called Grande Ravine. It was a sheer drop to a small river that carried water from its headwaters down to the sea. On one side was the gorge, and on all the other sides except for one there was a range of hills of different elevations; on the side with no hill was the sea. I think that's how we got the expression "crossing the water" – in our minds that meant embarking on adventure and danger. As for the paths, they came to represent having no way out. When we played dominos and couldn't place a piece, instead of saying "Pass" we'd say "Path". And whenever we felt we were in a bind, we showed our resolve by saying "We gotta break through the dam".

My mum told me I was born on a first of January, on Flame Tree Lane, a special and distinctive lane. At one end, it had a whole lot of flame trees lining both sides. Around New Year's, red and orange petals would be strewn about everywhere. Not many people lived on Flame Tree Lane. The houses with thatched roofs were in the middle of a yard that had many kinds of trees: lilac, eucalyptus, allspice; and fruit trees too, including mango (Mamzelle, La Corde, Dofiné, Maison Rouge), jambul, longan, breadfruit, tamarind, papaya, jackfruit. There was also a host of plants such as vetiver, lily of the valley, red sage and painted nettle, though flower bushes were rare. Near the gorge there was a group of houses where the descendants of freed slaves lived. We used to call them "Mazanbik". They raised pigs, and grew manioc and sweet potatoes. Often, especially on Saturday nights, the sound of the ravane drums around the fire would put them in a mood and we kids would sit in a corner and watch and listen to the hoopla...

> *Dalennatana, a Moris bahut atcha*
> *Dan Lenn mete langouti*
> *A Moris mete kalson palto*

I didn't know why but when I'd come home my mother would say, "You were with your people. Why don't you just stay there!"

The main road in our village was called Main Street. It started at the edge of Grande Ravine, crossed the village, snaked around the hills, passed through La Fenêtre – that was the side that didn't have a hill – and descended to the sea. On the two sides of Main Street, there were clusters of sugar estate housing with names that used to make me dream: Cottage, Mademoiselle Jeanne, Plateau, St. Clair, Mapou, Roche Terre, Belmont.

Our village was cut off. My older cousin Sunassee liked to say that all of us enjoyed living in an impasse. And yet a simple bridge across Grande Ravine gorge or one or two roads through the hills leading down to the other side would have put an end to our isolation. I think he was right when he said that we felt a sense of security living in our safe haven of an impasse. That's why we didn't dare think about change. Little changes were okay, but big changes – never! We were like a baby who was so content in its mother's tummy it didn't want to be born.

Geography dictated our movements. Every morning lorries would come get the labourers and take them to work in the cane fields and to the factories beyond our turf. There were a few who would ride their bikes and go fishing: in the afternoon they'd come back with a basketful of fish which they'd sell in the village. The smart ones started little businesses: a corner shop; a tobacco shop; a milkman who every morning would fill his milk-can with cow's milk then go sell it in the village; a bread seller who was also the vegetable seller; a haberdasher; and so on. The joiners and carpenters fended for themselves without too much trouble. Everyone grew vegetables in their yards and raised animals in order to make ends meet. Bit by bit life went on. In our village you would often hear *chalata dire-dire!*, "slow and steady". Everyone appeared satisfied with that.

Geography was helped by Tradition. In our village everyone thought that everything had already been decided by Fate and that we just had to accept it. Fate had chosen who would be in charge in the baitka, in the temple and in the home. Women were expected to look after kitchen, house, husband, kids, yard, garden and animals. When a married woman went to work in the fields for the sugar estate "on the other side" her oldest daughter filled in for her when she was away. Only boys were allowed to go to school. When the woman came back from work she had to deal with her household chores diligently, as custom, culture and tradition demanded. In the shivala, the kovil, the mosque and the church, the very same message was driven home: God knows full well what He is doing.

As I said, I was born on the first of January. I was the first child and the first grandchild on both my mother's and my father's side. More importantly, I was a boy. The pandit read the charts to see what name God intended for me and especially to tell my parents what was destined for me. I was to have a great life – but no details were provided. Still, my parents, grandparents and uncle were super excited. The womenfolk went into the kitchen to prepare knickknacks and the menfolk gathered under the almond tree to have a quick one. I didn't know why they called this "to your health". Later, when I wanted to partake in "to your health", they told me it was bad for my health! It was hard to know what went on in the minds of elders.

My ancestors came to the village back when the estates needed workers for the plantations. According to my grandfather, my great-grandfather, Ramsamy Ramsamy, was able to save money and buy a plot of land. When he died, all his sons – there were six of them – got their share. He had daughters too, but no-one knows anything about them. The place where I lived was called Camp Ramsamy. My father was Ramsamy's oldest son, so after my great-grandfather died, my grandfather became headman, and he ran things like a real clan leader. There were three generations of people in Camp Ramsamy. My grandfather, who was like my great-grandfather when it came to setting money aside and investing smartly, bought up all the land around our place. Both sons and daughters got pieces of land on which they built their own houses and his sons-in-law came to stay in the growing Ramsamy camp. On Flame Tree Lane, there was our house, the house of my father's cousin and his wife, and the house of my father's sister and her husband. But there was also a Muslim family, and, like I said before, at the end of the lane there were the Mazanbiks.

My father, who took on more and more responsibilities as my grandfather got older, did everything in his power to buy Bhai Goolam's land but our neighbour refused to sell because, and he would say this openly, he and his family felt safe in Camp Ramsamy. Mrs Bhai Goolam, Fatma Auntie, was a good friend of my mum's. Bhai Goolam, who really loved his wife, did everything to make her happy.

There was no point in even trying to move those who were living in Camp Mimi, where the Mazanbiks stayed, because they already had such deep roots there. They were evolving naturally in a pretty difficult environment. They had been able to clear a part of Grande Ravine in order to facilitate agriculture. According to my dad they planted sugarcane deep in the ravine to make tilanbik moonshine. They also grew ganja for their own use. My dad knew this because they used to sell him tilanbik, which he used in making a rum mixture by mixing in orange peel, cloves, limes and ripe tamarind... heady stuff.

There were a lot of kids our age in Camp Mimi but you never saw them at school. According to my mum, who didn't much like them, the kids were too dumb to learn to read and write. The fact is that back then you had to pay the teacher in order to go to school. The village council provided the building, but parents had to pay fees – that made up the teacher's salary. And that's why many children couldn't go to school. And not just from Camp Mimi either; in Camp Ramsamy too there were children who couldn't go to school. My mum refused to see this.

We had a village leader who was pushing the central government to open a school for all children in the village. His name was Kavi Ram. In our house, we called him Kavi Uncle. When I turned ten, Kavi Uncle's activism earned its first victory. The central government opened a school with four classes: for 4-5 year-olds, 6-7 year-olds, 8-9 year-olds and 10-12 year-olds. The government paid the teachers but the kids had to bring their own slates and slate-pencils, exercie books and quill pens. In the older classes, the kids had to buy their own books too. Girls and boys learned together. In the 10-12 year-olds class, there were very few girls, just a couple. The Camp Mimi kids started going to school and in the 6-7 year-olds class there was a girl who looked a lot like me.

A thing as simple as a school made you look at people differently. When I was younger, Camp Ramsamy was my whole world. People had names like Rajen, Damee, Dev, Sanas, Raj, Nila, Vasou, Nann, Mahen, Suresh, Padma.

Now the school had kids from Mapou to Belmont, from Carreau Filaos to Mademoiselle Jeanne, from Plateau to Camp Bombay, from Camp Lascars to Camp Mimi. My little name-book became a veritable dictionary: now there was Farouk, Ayesha, Panjay, Panday, Tikolo, Vonvon, Paul, Gabriel, Ameena, Suzanne, Suzette, Liseby, Roland, Rahim, Alain, Gérard, Baldeo, Mahipal, Lata, Singaron, Manikon, Renga, Singa, Naynama, Parvati, Parvedi... it was endless.

Kavi Ram decided to start a weekly farmer's market in a central location next. Initially, there wasn't much interest and business was slow. But when people began to realise that different kinds of home-made goods would sell, the situation improved considerably. On market day, you could get eggs, yoghurt, guava jam, live chickens, vegetable pickle, shrimp chutney and pickled chillies. Later on, you could get kids' clothes, dresses and kurtas. One day, someone got the idea to sell large household items. It was a huge success. People started to get creative with the market, and bit by bit, small changes gave way to big ones – but always in the same direction. As long as Tradition was not threatened and as long as people could fill their pockets, there was no problem. But then again...

When Kavi Ram came up with a proposal to set up a village council, that's when tribalism got everyone riled up. Every Camp and every clan put up its candidate and every candidate eyed the post of President. Each candidate wanted to form an alliance to ensure personal victory through the alliance's victory. A new expression became current in our village: "a win-win situation". Every new day saw the fallout from one broken alliance or celebrations about another historic alliance. Region against region, Camp against Camp, clan against clan, street against street. Never in the history of our village had there been so many theories to explain the perfectly normal nature of any new alliance and the abnormal nature of the rival alliances. This would all have been laughable had it not been for the violence. Our village was besieged by an invisible enemy. The hostility in the air was so palpable that you could slice it with a kitchen knife. Kavi Ram came to regret the day he had had the idea to form a village council. Disgusted by it all, he withdrew his candidacy, disbanded his party, packed up his things, and crossed the water. He was never heard from again.

_e_

Chapter 2

'Me and Sunil'

I passed my 11+ exams. Now I had to decide what I would do. The Protestant Church opened a mixed-gender secondary school to prepare both girls and boys for the "Matric" exams. The Matriculation was an exam that enabled you to work for the Central Government, cross the water to study at university or learn to become a priest, monk or nun. I wanted to go to secondary school. My mum was agreeable; my dad, as usual, preferred to wait for my grandfather to pronounce. Grandpa thought this school posed a danger to Camp Ramsamy. What would happen if his grandson let himself be influenced by the customs and beliefs of people who ate cows and pigs? There was much commotion. In the end, I had to promise that I'd never eat beef or pork, that I'd do my *sandhya* prayers every morning and every evening and that I'd fast every Friday (and not eat any *kavti*). Reluctantly, Grandpa gave his blessing, opened a bottle of Goodwill, and told my grandmother to fry him an egg.

My first two years at school went pretty well. When I began my third year, there were things that made me feel weird. Although girls and boys formed separate groups, there were boys who were attracted to girls and girls wo were attracted to boys, but I wasn't attracted to girls at all. There was one boy in my class who often came into my dreams, handsome and sweet. Instead of playing soccer or volleyball, we both preferred to sit together under a tree. One day when no-one was looking, I kissed him on the mouth. He didn't say anything; he just stared, with tears in his eyes.

It was with Sunil from Camp Bombay that I discovered sexuality. Like all lovers, we swore that our love would last forever. The more I think about it, the more strange it seems that no-one had any suspicions about our relationship. I think that in people's minds we were just two close friends.

My grandfather decided to open a shop. A Chinese friend of his had a shop on Main Street; that's where he would buy his litres of rum. According to the law, you couldn't sell rum by the litre but "Captain" – that's what everyone called him – made an exception for my grandfather. For quite a while, he'd been encouraging my grandfather to open a retail shop. Captain believed my grandfather had a nose for business. He even gave him a Chinese name: Ah Pow which is what all his friends called him, no-one really knew why. And he showed him how to use Chinese numbers so customers wouldn't discover the secrets of his business. My grandfather made me swear not to abandon our ways, but he didn't hesitate to write in Chinese in order to protect his interests!

When I turned sixteen, my grandfather decided I had studied enough. Business was growing and new blood was needed in the shop. From the first of January that year I became an apprentice to my father and uncle. Sriram Uncle, my father's youngest brother, was about twenty-five. He was quite smart and had taught himself to read and write. He spent a lot of money on books and used to share his knowledge with me. His wife, who was a few years older than me, had gone to school, was very smart and supported her husband. He had a suspicion about me and Sunil but he played dumb.

Two years, later I was promoted. Grandpa, Dad and Uncle decided that I could sleep in the shop since I was the only one who wasn't married. Working in the shop wasn't very interesting but it made it easy for me to read books and newspapers, and at night I could sleep with my sweetheart. The only problem was that I had to get up early, before first light, to open the back door to let Sunil out.

Life was relatively problem-free until my mother said she needed to talk to me one Sunday afternoon before I left for the shop.

"Bala, I've found a good girl for you".

"A girl for me?"

"You prefer a boy?!"

"Yes!"

"Don't be an idiot! I'm being serious".

"Me too!"

"You're the complete opposite of your father. He has women everywhere and kids in every corner... You..."

"It's only natural. Dad cleaned up and took them all for himself. That's why I'm left in the cold".

"Look, son, you're nearly twenty. Mum won't always be here to look after you. It's time for you to get married, to have children".

"Why have children? The world's already overpopulated".

"You sound like your Uncle Sriram".

"He's right".

"She's a good girl, I tell you, light-skinned, been to school. Her mother tells me she can sew, cook…"

"Can she make love?"

"You're gonna get it from me now!"

When my mother latched on to something, there was no letting go. In her own way, she knew how to press her case, and she wasn't done with me yet. She was second to none when it came to arranging marriages. My dad, who was an asshole and who used to screw around, was a pawn in my mother's hands, putty that she knew how to shape and roll any way she wanted. Her next move was to win over my grandmother who would then handle my grandfather. Next thing I knew there was a family meeting, before I could even express any opinion of my own. Neither I nor the young woman implicated in this transaction was present. I began to pity her.

But my own situation was much more serious. If I opposed the family decision, I would have to leave my job in the shop, which was the only work I knew how to do, and I'd become an outcast. I'd have to leave my village, find another base. But that didn't worry me too much. Far more difficult, I'd have to tell my family I was gay and that I already had a partner with whom I was extremely happy. I went to see Sriram Uncle for some advice.

"No, Uncle, I'm not impotent. I just don't enjoy it with women. I prefer Sunil".

"If that's how it is, then do both. Marry a girl to make the family happy, and live your own life to make yourself happy".

But how to tell my Sunil, who was as delicate as a rosebud in the cool morning dew? I met up with him at the beach and there, underneath a casuarina tree, I finally told him the dilemma I was in. He kept very quiet, as if he had always known this time would come. He knew we didn't like change in our village. But what took him by surprise was that I was going to play along. In our village, we always played along in order to avoid any conflict. Everyone tried to be on good terms with everyone else. Sunil had always said that he found that way of acting revolting. He let me talk; he said nothing. Then, he got up slowly, got on his bike, and without saying a word took the shortcut to Camp Bombay.

My mother was very happy when I told her that I agreed to her plan. Her health wasn't too good, so she was especially relieved that she'd be getting a maid for free. After the wedding and the next day's *ennalou* celebration, the bride and groom went to the designated bedroom. If time could have jumped ahead twenty-four hours, I sure would have been grateful. But there was no shortcut for me – I had to face the music. I hadn't thought through the consequences of my decision at all. Now there was a girl in my bed and both our families were waiting outside expecting results. What to do? Tell her the truth? What if she started screaming hysterically? Pretend I'm straight? Would I be able to enter her? I started to caress her back, I moved further down. She let me. Then I took off her underwear, turned her around, and took her from behind. She cried out – I was inside her. There was blood. The parents would be pleased.

When we got to know each other a bit better, I told her my story. Expressionless, she promised she would keep my secret. Later I discovered that Ratna had been more worried than me. When she was twelve her uncle had raped her and then killed himself. Ever since then, she associated vaginal sex with pain, shame and death. What we had done had allowed us both to save face. This way, life could go on as if everything was normal.

One week after the wedding, my grandfather summoned me, my father and Sriram Uncle to discuss how we were going to keep watch in the store at night. Until my marriage, I was the one who slept there overnight. In his patriarchal way, my grandfather had declared that a married man couldn't leave his wife every night to guard the shop. I was daydreaming of me and Sunil. I think I was smiling.

"Bala! Why are you grinning like an idiot?"

"Who, me?"

"Yes, you, who else?"

"Sorry, Grandpa".

My father suggested adding two rooms to the building so that a couple could live there. Too costly, my grandfather said. My grandfather then suggested that Sriram Uncle and I take turns, every other night. We made long faces. Sriram Uncle had a woman, a young widow, who lived near the store, and I was in a similar situation.

"Grandpa, I don't know if I what I'm thinking makes sense, but what do you think of the two of us alternating every other week?"

"I think that's a good idea too, Dad".

"Well, if the two of you are agreeable, then it's a done deal".

But my plan backfired on me. Sunil made it very clear that he wasn't just a plaything, just there to satisfy my selfish whims. I had made a clean break of it, so it was broken; it couldn't be repaired. He'd already begun making a new life for himself, away from "Camp Hypocrite".

Sunil played guitar and liked to write songs. When he'd gotten on his bike and left me that day on the beach, he'd been really upset. He felt I had betrayed a true love. That same night he went to a bar where a band was playing, some guys he knew. That night, the leader walked up to him and asked him if he could sub for a band member who was sick. "Without rehearsing?" Sunil asked. The band leader told him he could just improvise. It was went well and the band asked him to join them. He agreed and pretty soon they had a fan base of youngsters. They also became quite successful playing at parties, weddings, concerts and fairs.

Our break-up freed Sunil from the fetters that were keeping him from blossoming. But nothing is cut and dried – life is full of ups and downs. His group took the name *Raklet*, 'Cactus Flower', and began to play in beach hotels, and overseas too. Sunil wrote and sang songs that went to the top of the charts. He became a star. But an artist's life is not easy, and the life of a gay artist is even harder. He became a user, often sharing needles. That's how he became HIV-positive, even though he and his boyfriends used condoms.

One day I got a message that Sunil had been hospitalised and wanted to see me. I rushed to him. My first love had become a skeleton, skin and bones, and could only whisper two or three words.

"Forgive me, Bal!"

"No, sweetheart, I'm the one who messed up".

"I love you!"

"I love you, too".

@

Chapter 3

There was a textile factory in the village; it was the policy of the central government to promote industrial development in rural areas. Businessmen liked to hire women because otherwise they'd have to pay men's wages, which were one and a half times more than women's. The technology was primitive so even uneducated women could be hired. Lots of women my age began to work in the factory. One day, Solange, who lived in Camp Mimi – it was weird how much she resembled Bala – told me that her boss was looking for workers. My mother-in-law was never going to let me work. My only hope was Bala. The fact that we had both had life experiences had made us good friends. It bonded us and made us determined to give our lives meaning. I needed him as much as he needed me. We had agreed to put up a show for the benefit of others, but we had an understanding.

I wanted to break out of the prison of convention and I knew that Bala would help me. And he did help me. He threatened his mother that he would take his wife to live in a rented house if she weren't allowed to work in the factory. His mother had to give in. For the first time in my life, I was financially independent. The work conditions were difficult but at least I got a rare taste of freedom, something I hadn't known in my domestic servitude to my in-laws.

Because of his work in the shop, Bala and I spent very little time together. I tried to console him when Sunil died. He felt guilty so I decided to help him in this difficult time, before asking for a divorce. One night he told me he had a boyfriend.

"Do you love him?"

"I don't know. But when I'm with him, I forget my sorrow".

"Is it serious?"

"Don't know. Maybe".

"Can I go?"

"Do you want to go?"

I only had to move my head a little. He got the message.

I got to know Bhai Farouk, the van driver who drove us when we worked the night shift. My friends at work told me that he and his wife lived alone in a big house. They had only one child who had died of an overdose. Every once in a while they would take boarders. One morning early, when he dropped me off, I asked him about this.

"You're in luck, Miss! My boarder's just left".

He called all women "Miss". He was right to. It was a good way to avoid crap. Some women don't like it if you call them "Mrs".

Bala was a big help when I moved. He was firm with his mother, telling her not to stick her nose in my business. I had a comfortable room to myself in Bhai Farouk's house. Everything else was shared. His wife, who right away asked me to call her Auntie, was well educated. Later I learned that because she hadn't gotten any proposals her parents had pressured her to marry when Bhai Farouk proposed. For Khadija Auntie's family, it was a source of great shame if a girl was left high and dry. There was all kinds of gossip. And yet, Khadija, who had grown up in the capital, went to high school, passed her exams, and got in to university overseas, which was rare in those days. But at the start of her second year, her father had a stroke and his business began to suffer. Khadija had had to return immediately. She hadn't been able to become a professional and independent. There was only one solution — get her married. Given her situation, finding a man was tough: lawyers and doctors didn't think she was rich enough, and civil servants were worried about an educated woman who had had a taste of university life. Khadija was high and dry.

For her brother, who had taken over her father's business, she was nothing but a huge burden. A distant relative of Khadija's who was also related to Bhai Farouk arranged their marriage. Khadija was five years older than Bhai Farouk, who was a simple peddler. Once they were married, Khadija helped Farouk with his business. Instead of letting him put his goods on a bicycle and sell them throughout our village, his wife got him a motorbike. She also kept accounts of his sales. Later Khadija and Farouk had a storehouse built where they could stock a lot of the merchandise that they would buy once a month in the capital.

When Khadija was expecting, the doctor was a bit

concerned about her because of her age. The baby was delivered by C-section and the gynecologist told the couple to "close the tap".

Khadija and Farouk spoiled their son rotten. But because their business was growing they didn't have time for him and a maid took care of him. The boy got whatever he asked for. Pretty early on, he started drinking. A little later, he started doing drugs. He would steal money from his mother's drawer or from his father's pocket, so that he could buy his dose. One day a dealer proposed a deal. The boy took delivery, sold some of the goods, and used some himself. When the time came to pay up, there was a big deficit, and he panicked. The drug lords realised that this kid was a liability because of what he knew. He died of an "overdose".

Khadija was now about sixty-five and Farouk sixty. Farouk got a contract to transport factory workers, so he bought a van and a bus. They had material comforts but they had always been burdened by great sadness. They felt they were responsible for the death of their child, but they didn't fully understand how. That not knowing was the greater torment. Now, with me around, a boarder who before long was like a child in their home, Khadija and Farouk began to live again.

One day Khadija asked me to consider continuing my studies. Since I had passed my 11+ exams with distinction, I could study upto Matriculation.

"I'm twenty years old. Isn't it too late?"

"It's never too late. Look, I know what I'm suggesting is scary, so let's meet half way. Get your secondary school diploma, then we'll see".

"Is there a lot to learn?"

"I don't know the curriculum, but I do know someone who can help us... me. I can help you in all subjects, I think. It would make me very happy".

"I don't want to trouble you, Auntie".

"This isn't trouble, beti, no trouble at all. You're going to help me forget my troubles".

For four years, I went to work and I studied, and when I was close to my twenty-fifth birthday, I passed my exams. With my diploma I could train to become a primary school teacher. To do this I would have to leave my village and learn to live without Khadija Auntie and Farouk Uncle. It was a difficult decision, but I applied and I was accepted. I went to see Bala at his shop – his view was that I'd be making a big mistake if I didn't go. Farouk Uncle understood, but Khadija Auntie was very sad. She was sure we'd never see each other again. She was right. One month after I left, Farouk Uncle phoned and gave me the sad news.

Chapter 4

'BALA'

I saw Ratna at Mrs Farouk's funeral. She had become a different person, someone who knew who she was and where she wanted to go. My Dad, who wasn't too well, gave me his share in the shop. He and Mum had become quite religious and spent all of their time in prayer. Sriram Uncle and I were now partners — Grandpa had long since passed on — and we decided to change the look of the shop and turn in into a supermarket. Some of the customers weren't too pleased, especially the ones who were accustomed to buying on credit and paying when they got their wages from working the harvest. Unfortunately for them, this was the road progress had taken. In our village and in the neighboring areas too, the winds of change had started to blow. But the change was always in only one direction: every man for himself.

Our area had always had the reputation of being temperate. Not too cold, not too hot; not too humid, not too dry. It was as if Nature had chosen us for an experiment to find a balance between extremes. But people worked against this. For quite some time, many outsiders had been coming to buy land on which to build second homes. Slowly all the open spaces began to disappear. Soon, we heard that Grand Bois and Bois Noir, which had since time immemorial belonged to everyone, now belonged to a developer. It was the same with Carreau Filaos, Carreau Eucalyptus, Carreau Bois d'Oiseau, Carreau Tekoma. We had been used to going wherever we pleased; now there were signs everywhere we went: 'No Entry', «Passage Interdit», 'Private Property'. It was the same tune everywhere, from the valley all the way to the sea. Poor farmers were forced to sell their land; rich farmers saw their empires grow.

I remember when Kavi Ram had wanted to form a Village Committee to manage our locale. The poor devil had had to leave, and in a hurry. But ten years ago, the financiers, the big farmers, the industrialists and the professionals succeeded in creating a municipal administration, which later became an Autonomous Administration. This made it easy for a small group to expand, a group of people who controlled everything: land, water, the plantations, industry, banks, the media. Instead of trying to win over the heads of the Camps and the clans, they simply bought them off one by one. Those who tried to resist would discover that the banks had canceled their mortgage, that their children had been expelled for disorderly conduct or that the canals that brought water for their crops had been blocked up. Money, man, that's the most persuasive argument, the most powerful.

I myself didn't have much to complain about – our business was doing well. We too were "developing". For us to get ahead, we put the other shops out of business. They just couldn't compete with us. We had the support of a group of backers, so we were able to lower prices until our competitors buckled. I would offer them work in our supermarket, some menial job or other.

Flame Tree Lane didn't miss out on development either. One developer was interested in all the properties along Grande Ravine. The small landowners, one by one, agreed to give up their land. When it was our turn, Sriram Uncle and I decided to refuse. The people of Camp Mimi, Bhai Goolam and his wife, Sriram Uncle and Sita Auntie and my mother, my father and I, we all got together to discuss the situation. We were all firm in our resolve not to give up one inch of our land.

But the clay pot had to concede to the iron pot. The agents of the bigwig financiers, like slowly gnawing rats, had eaten away all resistance bit by bit. At first, the inhabitants of Camp Mimi hadn't been sure, but then they were taken in by money's powers of persuasion: there'd been promises of work, government housing, a consolidated farm to raise pigs, a four-lane bridge that was going to cross Grande Ravine, a cable-car that would take people up and down… In a flash, there were signatures, Xs, thumbprints. When my mother heard of this 'betrayal', she became hysterical, forgot all about her prayers and fell on my father. That's when I finally understood why Solange looked so much like me.

"Maybe Ratna too!"

"Ratna?"

"Sure, can't you see? She's as stubborn as you are".

Banks and suppliers that had extended us generous credit all of a sudden tightened the leash in order to strangle us. I sold my dignity to save our supermarket.

Modernisation, liberalisation, deregulation, all tooted their horns and loudly beat their drums. Our valley, our hillside, everything right up to the sea, became a model of development. The newspapers were full of articles describing the municipality's success. No-one was in the least bit interested in finding out what had happened to the farmers, the fishermen, the artisans. There were no articles about the huge ghetto, a rubbish dump of a city without water, electricity, decent housing, or social services – a human dustbin where alcohol, drugs and AIDS underwent great 'development'. People there used to call this hell-hole 'Danfour', "In-the-furnace" – I think what they meant was Darfur...

According to official pronouncements, my village, which was organised into Camps and clans, had become a UniCity, extending from Mapou to Belmont, and from Mademoiselle Jeanne to Grande Ravine. All differences disappeared, and prosperity was visible everywhere you looked – a model for everyone. Gone were clan, class and Camp. The UniCity demanded, and got, autonomy. It became a state within a state. The industrial area was cosmopolitan, the residential area was cosmopolitan, the commercial area was cosmopolitan. The UniCity became a little UN. From the hillside all the way to the sea, new had completely replaced old. So much so, that if you walked in UniCity, you thought you were in Hong Kong or Singapore, in New York, London or Paris. Completely cosmopolitan! Artists, poets and painters all began to miss 'the old days'. But the Autonomous Administration would rapidly denounce all their backward-looking impulses. The press boycotted them; galleries snubbed them. Many preferred to emigrate, and local culture went underground. Holly-Bollywood was wildly successful and spoiled everything else.

Like I said, all the two-bit shops had disappeared and a bunch of small supermarkets like ours had taken their place. They had nice-sounding names: Flame Tree, Citronella, Ayapana, Pipik, Cardinal, Plateau, Belmont, and the like. The service was friendly because they knew everyone in their area. But it was too good to last! The investors on the lookout for areas that would guarantee them maximum profit in a hurry, targeted retail. A multinational called Universal Stores decided to buy the whole lot of shops and proceeded to modernise and reorganise the retail trade. Both Sriram Uncle and I knew that we were in a jam. They were just too strong. No matter what we did, we would be left in the dust. They suggested that the two of us work with them as Assistant Managers. Sriram Uncle, who had been having serious marriage problems for some time, couldn't take the pressure of this new situation and took to the bottle. One day he gave me his whole library because, he said, there was no future in books. Only then did I realise how deeply knowledgeable he was. He didn't have kids — in his mind I was his surrogate child.

I was also close to Sita Auntie. We had become good friends and I was the one whose shoulder she cried on. In the beginning, she tried everything she could to save Sriram

Uncle from the snare of alcohol. But one day, exhausted and sickened, she left him. His lifeline gone, Sriram Uncle sank even deeper. Shame, loneliness and depression helped "Thanatos" prevail over "Eros". He was nearly fifty years old when he died.

Chapter 5

'SITA AUNTIE'S STORY'

I lost my mother and father when I was very young and my aunt adopted me. I was raised by the Treepats, a family who lived at the water's edge. Kausalya Auntie treated me like her own child. She encouraged me with my schoolwork. Even though she had never been to school she believed in education. When I was seventeen, Kausalya Auntie told me that a good boy from a good family, the Ramasamys, had been interested in me ever since he'd seen me at the wedding of one of my cousins. I knew Sriram a little. He was handsome and well educated; and he worked in his father's shop. When I was of age, I said yes. Once his family had made the formal proposal, Sriram used to come by. Six months later we were married.

In the beginning everything went well. He wasn't cruel, and once in a while he would buy me a book because he knew I liked to read. We would often talk about the things we were reading. When I told him I thought I was pregnant he was really excited, and when I miscarried he was crushed. When I miscarried a second time, I think something snapped. He stopped talking about having kids and pretty soon he lost all interest in having sex with me. When I would try and move close to him in bed at night, he would turn away saying he was tired and that he had to get up early to go to work. In time, being in bed with me was passionless, cold and repelling to him. When Bala got married and my father-in-law asked Sriram and Bala to take turns keeping watch, my husband was excited when it was his turn — he had another woman in his life.

My life was like a boat left high and dry on the beach, like an inkpot without any ink. My aunt, my mother-in-law and my sister-in-law were aware of my situation but they all advised me to act as though everything was fine. Later, when Bala married, I found a friend. Ratna could talk to her husband at least, and when she felt that it was time for her to leave, she left with the support of her husband. I too wanted to ecape the prison I was in. I asked Sriram if I could help them in the supermarket – I could be the cashier — but, no, they already had a cashier. That's right, that woman had herself a place and I, his lawful wife, didn't even have that privilege.

Sriram started to drink excessively. Bala tried to explain things to me. Poor Sriram! That woman was doing him in. On top of it all, the alcohol made him impotent. How does such an intelligent man become a total wreck? I wan't so young anymore but I knew that if I didn't do something I would definitely become a wreck too. Only Bala knew of my plans. He felt bad for Sriram, but he understood: I needed to leave this prison that was suffocating me. Maybe I didn't pick the best time, but my priority was my own life… It was lucky that Ratna let me stay with her until I could find some work.

The Treepat clan rejected me because I'd brought dishonour; The Ramsamy clan did the same. But Bala on the one hand and Ratna on the other, two people who had known many difficulties themselves, didn't let me fall. Each in their own way ensured that flame trees bloomed in the lane.

Chapter 6

'In Danfour'

Once I had qualified as a teacher and gotten experience, I requested a position in Danfour. The inspector in charge of my file couldn't believe his eyes.

"Is it true, Miss Ratna, that you want to work in Danfour?"

"Yes"

"May I know why?"

"When I was much younger, I was in difficulty. A lady who wasn't even a relative took me in and fed me, body and mind. She gave me a great gift – belief".

"You mean hope".

"No, Mr Imambocus, belief. The knowledge that God never abandons his children".

"What was her name?"

"Whose?"

"The lady's".

"Khadija Auntie".

"Ha!... And why Danfour?"

"Because if we all work together, maybe we can restore belief in Danfour".

Inspector Imambocus recommended me.

There were teachers' quarters on the school grounds, basic but adequate. The work was hard. Most of the kids were from single-parent homes, mostly single mothers and the kids were not well-fed. The older kids looked after the younger ones. They came to school without slates, chalk, notebooks or textbooks. The school gave them a piece of bread and a cup of milk thanks to the generosity of KaviRam, an NGO. If UniCity lived in the eternal glory of immediate and immense profits, Danfour lived on charity.

Most of the people in Danfour were farmers who had lost their land, people who had lost their livelihood because communal property had been privatised or who had lost their homes because developers had cheated them. One day I met Solange, who had lived in Camp Mimi a long time before. There had been a lot of development – bridges, highways, buildings, bungalows – but the houses that had been promised to the inhabitants never materialised. Many young girls were forced to become sex workers. In the daytime they slept in shanties and at night they made their living in the red light distrct.

Luckily, there were a few dedicated social workers who helped people regain some of their dignity. But swimming against the current is no easy task. Often, either because they were exhausted or because they had no resources, or because they didn't get any support from the Autonomous Administration, they quit and another candle of hope was extinguished.

Compared to other people, I did fine. I had a regular salary, a roof above my head, and a job I enjoyed, even if the work conditions were tough. I was still young, full of energy and grit. All things considered, I had no right to complain. In Danfour, me and others like me formed a solidarity network. We had two reasons: first, to prevent loneliness from weighing too heavily on us; second, to become interdependent since so many of our problems were connected. Once in a while, members of different NGOs would meet socially and professionally. We were a handful of people who had high hopes that tomorrow would be better.

At one of those meetings – I don't really remember if it was a social one or a working session – I got a real surprise. Bala – yes, my Bala – was there, together with his boyfriend, Gérard. And that's not all. Who else do you think was there? Sita Auntie! Gérard was the only person I didn't know. I knew of his existence, but we hadn't yet met. He had wanted to become a priest, but he left the seminary once he had come to terms with his sexual orientation. His faith in Jesus wasn't diminished though. Quite the opposite: because he was honest with himself, his faith shone with a thousand colours of the rainbow.

We were a small group, like-minded in our aims and activities. All of us were between forty and fifty years old, and we had all traveled through a fire that can burn but which can purify if you know how to stick it out. We all wanted to slow down the deterioration around us, physical, social and especially moral. Each one of us was a UniCity reject. Danfour was our apocalypse, the harbinger of the end of this Roman Empire oppressing us. Gérard was a natural-born leader, a genius at organising; Bala and I were good on the ground, because we knew how to talk to people, how to use their own turns of phrase to help them realise what was going on. As for Sita Auntie – I don't know why I still called her Auntie – she knew how to build women's confidence so that they could begin to take their fate into their own hands. She had a special way of talking.

There was a group of twenty-somethings in Danfour who became attracted to the idea of armed resistance. UniCity was bathing in pools of money, whereas Danfour was drowning in misery. All channels of communication were blocked and the gap between these two realities was growing. The Autonomous Administration stopped providing even minimal services in Danfour because it wasn't contributing financially in any way. So the roads weren't paved; there was no rubbish pick-up; the drains all remained clogged; and dead animals rotted on the streets. And there was the very real danger of a cholera outbreak. The banknote blinders covering the eyes of the Autonomous Administration and the Greater Finances Corporation, which controlled 90% of the region's wealth, meant they didn't realise that any kind of catastrophe would in fact affect everyone. The more people were excluded and marginalised, the more safety would be a concern for everyone.

The moderates formed a political party which they called the KaviRam Party. Who would have thought it might be possible to soften Mammon's shield and to inject into it the thinking of Jesus Christ and Mahatma Gandhi. But the population of Danfour, who were having difficulty making ends meet, wasn't interested in highflying rhetoric. The memory of recent duplicity traumatised them. They became fatalistic. Violent rhetoric was more attractive to them.

Was social work enough? Digging a hole and filling it up again? Using spit to put out a fire? Often I'd have doubts, and this broke my stride. God, why couldn't I have Gérard's moral strength! As for Sita Auntie, she was like Sita in the *Ramayana*. She said she knew that being exiled in Danfour was just a hell we had to go through on the path to our moksha. She thought her moksha wasn't far off and it was that belief helped her face difficulties. But one night, on her way to see me, a group of thugs attacked her, even though they knew she was part of our group. They beat, robbed and raped her and left her unconscious in some thorn bushes. The next day, when her body was discovered, it was covered in red ants but she was still alive. There was a free dispensary run by volunteers, which was where she was first treated. There was no ambulance to transport her. Someone with an old beat-up car had offered to take her. That's how her life was saved. But she was infected with the AIDS virus. Her moksha now seemed very far off.

When the news of her 'accident' spread, many women came to see her to lend their support. They formed a women's self-defense organisation. They even built a place where women could stay. They called it Papernoula, 'No-Fear-We're-Here'. A lot of men came to help them.

In spite of the lack of interest in social action among the majority of people, every time there was a tragedy, a small solidarity movement spontaneously arose and a little light appeared where no-one expected it. Belief was not just an empty word.

The hardest thing was finding a middle path between the repressive policy of the Autonomous Administration and armed resistance, a non-violent path, a specific one that would ensure social justice and greater happiness for many more people. But how to make social activism and political action work together in harmony when there was a basic conflict between the Social and the Political? Among the social workers were those who were anti-politics, for whom all politicians were liars, thieves, deceivers. And the politicians saw adversaries everywhere: "those guys are plucking fruit from our orchard", they would say. I myself had no political experience. In fact, I rather mistrusted politicians, but I had a notion that it was possible to have the two sides work together. According to Bala, I was a "voluntarist-idealist". It certainly was all mixed up in my head.

The leader of the KaviRam Party was called Dario Ravaton. He had a lot of experience with social action, but always thought of it principally as a springboard for political action. Social action, when it meant consolidating effective lobbies, could become the basis of poltical success too. For him, these two worked together; sometimes one took priority over the other, sometimes it was the other way around. He refused to introduce rigid divisions into a dynamic world. But to succeed, he said, we had to be sure we didn't forget what the source of our problems was. I understood his ideas because we met often.

Dario's daughter was in my class. She had trouble with her studies. I don't think she was dyslexic, but disturbed by something that had happened before. I asked that her father or mother come see me so I could come to understand the child better. Dario came. He explained that he was a single parent; one day, his wife just upped and left. He hadn't blamed her because he himself hadn't been a model husband. Ever since that day he had looked after his two children with the help of a neighbour. He said that Jessica, his daughter, was very affected by her mother's departure. I offered to look after her in the afternoon, after school, if he didn't have any objection. He had none.

Slowly, Jessica began to open up. One afternoon, when he came to pick her up, he gave me a bottle of red wine and a red rose.

"What's the occasion?"

"I just want to".

"Why don't you stay? I'll cook something, we can eat together".

"David will be alone, I left him with a neghbour".

"Then go get him!"

As things deteriorated, the violence started to cast its net much wider. The youth became increasingly impatient. They called their movement, Maw-Maw. It wasn't clear whether they were Mao-Mao or Mau Mau. One day I asked one of the leaders which it was. He stared at his big toes for two or three seconds before saying, "Both". In UniCity, well-intentioned people began to say that if something wasn't done soon, violence would become the norm. One can't talk about economic growth without at least being aware of the social deterioration.

An independent state can't just be an enabler, letting the rich get richer. It has to provide for the poor, the sick, the elderly, the handicapped; it has to provide education and health for all people. These well-intentioned people weren't organised; they had no influence on those who decided. The press, which was on the payroll of big money, censored them, even though they themselves were officially against censorship. Because open debate was silenced, violence became the standard reaction of the victims of all the heartless development.

e

Chapter 7

'FIRST SIGNS'

(In the boardroom of FoulousPlennti, Inc.)

CHAIRPERSON: Stop messing around, you all! According to some scientists, what's going on is just a warning. Very soon the situation is going to become far more delicate and far more serious.

MEMBER 1: The scientists are saying any old thing, talking the usual nonsense! I have scientists in my army who are willing to prove the opposite – as long as we give them what they want.

MEMBER 2: Supposing it's true, let's use both science and technology to resolve the problem.

CHAIRPERSON: That's the problem! According to the experts, technology can't fix the problems that technology created.

MEMBER 10: What's all this rubbish? Technology has a solution for everything.

CHAIRPERSON: And yet, it hasn't been able to put more

marbles in your brain! (*Everyone laughs*) OK, enough joking. Our recent investments are all a washout.

MEMBER 12: You're too funny, Mr President, "Washout"! How apt! The seaside bungalows are almost all in the water, a real "washout"! Ha! Ha! Very funny!

CHAIRPERSON: Number 12, stop being an idiot.

MEMBER 12: Yessir, Mr President.

CHAIRPERSON: The buyers of the deluxe bungalows are claiming their rights. In the contract, there's a clause which says that if the water floods their property, then we, as sellers, must compensate them for damages. If we pay according to the letter of the law, we'll go bankrupt. Are you done laughing, Number 12?

MEMBER 12: There's a solution, Mr President, if you'll allow me...

CHAIRPERSON: You?!

MEMBER 12: What if a bomb fell on our town and destroyed everything, would we have to pay any compensation?

MEMBER 7: Stop wasting our time, dickhead!

MEMBER 9: There really ought to be a tax on talk.

ALL: Yes! Yes! A tax on talk! A tax on talk! Yes, a tax on talk!

CHAIRPERSON: Wait, the idiot's right!

ALL: Huh!?

CHAIRPERSON: The rising water is a natural disaster against which we've given our clients a guarantee, that's why they put all their black money into our business. But a bomb, that's not a natural disaster.

MEMBER 10: That's what I was saying. Technology has a solution for everything.

CHAIRPERSON: Good God! You're right, there ought to be a tax on talk…

ALL: Yes! Yes! A tax on talk! A tax on talk! Yes, a tax on talk!

CHAIRPERSON: Hold on! What if there's a political solution.

ALL: Political?

CHAIRPERSON: Yes, political. Political! In Danfour, we can find a sucker who'll be able to do this for some cold cash.

MEMBER 5: Do what?

CHAIRPERSON: Look, we get a group of delinquents together, arm them, call them the Danfour Liberation Movement, and then give them everything they need to blow up the waterfront bungalows.

MEMBER 4: What about the security cameras, the guards, the police patrols?

CHAIRPERSON: The Surveillance, Safety and Security Company? We control the SSS. We'll instruct them to keep watch with their eyes closed. I'll speak to the Chief Minister of the Autonomous Administration. Autonomous! Makes you laugh. Even the shirt on his back doesn't belong to him! For one week we'll have the police patrol the hillsides instead.

MEMBER 1: Isn't what we're planning a little drastic? Why don't we just bulldoze the hills and use that earth to keep the sea at bay?

CHAIRPERSON: Haven't you heard of global warming? Climate change? The melting of the North and South poles? Well, haven't you? You can't stop the water. If you build a dyke, the dyke will break. Any anyway, our job isn't to stop the water rising, it's the immediate maximisation of profits for our shareholders. Right away. I make a motion that you give me the authority to carry out this plan. And there's something else. According to my information, the KaviRam Movement is becoming popular. I tried to buy off Dario Ravaton but he's a stubborn one. Let's kill two birds with one stone. We'll spread a rumour that an armed branch of KaviRam is destroying everything.

MEMBER 2: But isn't it a non-violent movement?

MEMBER 12: The bigger the lie, the more effective it is. We'll sling as much mud as possible. The KaviRam people will try to remove as much as they can. They can try and clean it, rub it off, wash it off. Whatever they do, they'll still have some mud on them.

CHAIRPERSON: Hey, idiot, you're not an idiot at all. Where did you get this idea?

MEMBER 12: In *Mein Kampf*!

CHAIRPERSON: One last thing. Each gang will have only one mission, after which it disappears... Physically disappears. Understood? There can't be any witnesses. We'll havee police investigations after each demolition which will result in shootouts at the thugs' hideouts.

ALL: Congratulations, Boss! You should be running the country!

CHAIRPERSON: That time is not far off...

Chapter 8

SITA AUNTIE

'Papernoula'

In spite of its limited resources, our shelter, Papernoula, was able to help out about a dozen families. When I was a little better, the members asked me to look after the shelter full-time. For me, this opportunity was a gift from God. My mokshha took a form I would never have expected. I didn't know how long I had left to live, but at least what little life I still had would have direction and a clear purpose. In the yard outside the shelter we grew vegetables and raised chickens, rabbits and goats. But without the help of a philanthropist, we would not have been able to make ends meet, and those who were HIV-positive would not get any treatment. There were greedy financiers aplenty, but there was only a handful of people who were troubled by the poverty of those the system threw into the rubbish dump. One day, the secretary of Monsieur Robert Grangayar, who had been financing our shelter, came to see us to ask if we would let his employer come over for a visit. No-one had any objection.

He was very old. He believed in doing charity because, for him, giving to the poor was like lending to God. But once I told him that it's not charity that would save us but economic self-sufficiency, he became uneasy. He didn't seem to understand.

"You don't want me to help you?"

"No, don't misunderstand us, Monsieur Robert. Your help is precious indeed, but it doesn't help us stand on our own feet".

"I really don't understand. I am accustomed to thinking in a particular way, but now it seems there's another way of…"

"No, I'm sorry, I'm the one who isn't explaining it properly… I really appreciate your coming here. Do come see us whenever you have time".

"Time I have in abundance. So much time, but…"

"But?"

"You know, the people in my family, they think differently. I no longer know what to think, now that…"

"Now that what?"

"I'll tell you some other time".

Ever since that day, his contributions increased and his visits became more frequent. He needed us just as much as we needed him. Was this a natural or unnatural partnership? I thought it was quite normal, but there were bad-mouthers slinging mud.

I began to find flowers from the flame trees at the end of the lane and on the edge of the ravine again.

There was a lot of violence in Danfour, as well as in UniCity. News spread of seaside bungalows in UniCity being bombed being destroyed one after the other, of gunfights between the police and 'terrorists', who were dying in droves. Many of the young people who had gotten in on the plan hatched by the Chairperson of FoulousPlennti and his accomplices ended up dead. In Danfour, there was a different kind of violence. The victims were usually women and children. It was as if the stress and frustration had made people dump their crap on the weak and defenseless.

The Papernoula shelter began to receive many more requests for help. Without Robert's support we could never have survived. One day, a car stopped outside the shelter and the driver got down and handed me an envelope. It was a letter from Robert inviting me to come to his place for dinner. I hesitated, unsure what I should do. I asked my friends what they thought and they all advised me to go. That night, Robert's car came to fetch me.

I felt antsy in his house but Robert did whatever he could to put me at ease.

"Sita, there's something I have to tell you… I don't have long to live".

"Don't say that!"

"I'm serious. I have cancer. Soon I'm going to ask my doctor to put me to sleep. Would you sit by me when the time comes? I have no-one. I had two children, a girl and a boy, they would have been your age. There was a helicopter accident… Shh! Let me finish. I have a lot of money, an empire… but today I have no-one to hold my hand as I take my last steps. No-one besides you.

"Please, don't worry yourself – I'll be there".

"Sita, what I'm asking of you is against the law. You could go to prison".

"I don't have long to live either".

"I know you're HIV-positive. Don't be afraid, one day they'll find a cure – don't lose hope. I have something else to tell you. I've decided to bequeath my whole empire. The principal beneficiary will be Papernoula. My lawyer has already prepared the legal papers. He'll explain all the details... Right... Let's have dinner now. There was a nice spread, but my appetite was gone!

The next day I asked Ratna, Dario, Bala and Gérard to come meet me on an urgent matter. They thought my health had gotten worse. When I told them about the windfall, their jaws fell open. We worried about one thing only: that easy money might tempt us away from the straight and narrow and put us in real danger of giving in to the opportunists who would descend on us en masse.

Epilogue

The sea level kept rising. Everywhere a sweltering heat burned. The elderly and infants were among the first victims. Water was scarce. Breathing was becoming difficult. Then, after a long drought, there were torrential rains. Several violent cyclones passed over the island and the drenched earth could no longer take any water. There were landslides and building began to crumble. The landslides were sometimes spectacular, almost as if there was an earthquake. Huge chunks of the hillsides shifted. Between the sea and the hills there was now a canal through which small boats could navigate. The appearance of our surroundings changed completely. The natural surroundings had been martyred; it was as if a giant was shaking the dust off his coat and adjusting his body. Property prices plummeted. The recession spread its tentacles everywhere. The economy crashed.

In Danfour too there were problems, but they weren't as serious. Two good things were happening there. First of all, the lay of the land meant that there was now a direct link between Danfour and the sea. Second, the stress-free muddling along, with people looking after Nature and

Nature looking after people – rather than people trampling all over Nature – meant that the situation was less drastic. In spite of widespread death and destruction, it was still possible for people to have a relatively manageable life. By contrast, the situation in UniCity was catastrophic. It was as if Nature had an account to settle, and was settling it with a vengeance.

When the youth in Danfour realised just how vulnerable UniCity was, they descended upon it and looted the stores and the bungalows that had been abandoned or were in ruins. It was impossible not to prevent chaos from reigning. Private security, the police… nothing worked. When it became clear that UniCity was going to end up like Pompeii, the economic and political leaders made a hasty retreat. Their money wasn't there anyway, it was in banks overseas. But those in the middle class, the ones who had been fed by the silver spoons of Providence, now had to find a lifeline fast. They quickly began to understand the need for solidarity with those experiencing hardship, not because they felt the sudden need to be charitable but because it was the only way for them to save their necks.

"You see, Ratna, these types are going to want to find a way to whitewash themselves".

"Then it's just a question of not letting them into KaviRam".

"You can't stop them. And anyway, they can help. Don't forget, among them are doctors, engineers, teachers, lawyers… We need people like that".

"But Dario! How are we going to stop them from lording it over us?"

"There's no miracle solution. We have to organise

the farmers, artisans and fishermen into co-ops which they themselves will run. We have to be very vigilant. Most importantly, we musn't repeat our earlier mistake – thinking only about filling our own pockets".

An ecosystem of several thousand souls would have to be rebuilt with very limited resources. A huge challenge, that. But there was no alternative. The countries and neighbouring regions that might have been in a position to help us were worse off than we were. We had to depend on our own strengths.

Bala liked to say that we were against radical change, that change was acceptable as long as it was in the same direction as before. Now, change outside our control had forced us to change our very orientation. We had to re-invent our future, re-draw the contours of a new tomorrow. We were at an impasse.

Would the flame trees bloom this year?

LENPAS FLANBWAYAN

Pie flanbwayan kouver
ar fler;
Bann pie leksi ranpli ar
fri;
Lalimier ble dan lesiel ge
Pe donn nesans nouvo
lane.
Banane, banane!
Vini zanfan nou trap
lame,
Nou fer laronn pou nou
danse;
Banane, banane,
Nou pas leponz lor
lepase,
Ansam nou bwar enn
lasante;
Banane, banane,
Zordi lavi rekoumanse,
Vini zanfan nou trap
lame.

PROLOG

Dokter Deva finn dir mwa ki kanser la pe fane. Li pa konsey operasion. Perttan! Li'nn preskrir ladrog pou kalme douler. Mo pa boulverse parski mo'nn bien viv mo lavi. Zame mo pa finn ena anbision vinn santener. Kan ler gran depar arive pa neseser plore me si gagn letan, kapav konplet seki ena pou konplete. Toultan mo ti anvi rakont zistwar mo vilaz manier mo ti trouv li, manier mo ti viv li. Toultan ti finn ena kiksoz ki ti obliz mwa posponn sa travay la. Aster mo pa ena okenn exkiz. Mo bann zanfan finn donn mwa enn laptop. Koumsa mo kapav ekrir, lir lagazet lor enternet, get fim, ekout lamizik, zwe kart kouma frisel ek soliter san kit mo lasam, ni mem mo lili parfwa. Laptop enn gran envansion. Si mo fini louvraz la, mo pou kapav avoy li direkteman mo editer. Mo pa'le donn personn traka…

e

SAPIT 1

Mo Vilaz (I)

Dan vilaz kot mo ti ne ti ena plizier lenpas ki ti aret sek
lor bor enn gorz, Gran Raven, ki ti desann brit ver enn
ti larivier ki ti sarye dilo lasours, amenn li lamer. Si enn
kote ti ena sa gorz la, lor lezot kote, apart enn, ti ena enn
ranze kolinn diferan oter. Kot pa ti ena kolinn ti ena lamer.
Akoz samem, mo kwar, ti ena enn expresion 'al lot kote
dilo' ki dan nou lespri ti vedir sime lavantir ek risk. Lenpas
so kote ti vinn enn zimaz pou dir ki pa ti ena sime sorti.
Kan zwe domino, olie dir 'pas' kan peyna zwe, nou ti pe
dir 'lenpas'. Kan nou ti santi ki nou ti kwense dan enn take,
pou montre nou volonte nou ti kontan dir 'bizen defons
baraz'.

Mo mama ti dir mwa ki mo ti ne enn lepremie Zanvie
dan Lenpas Flanbwayan ki ti diferan ek spesial. Dan so
finision, de kote sime, ti ena enn ta pie flanbwayan. E
kan lane ti pe aprose petal rouz ek oranz ti tale partou.
Pa ti ena boukou dimoun dan Lenpas Flanbwayan. Bann
lakaz ar twatir lapay ti omilie enn ase gran lakour kot ti

59

ena enn varyete pie kouma lila, kaliptis, katrepis, mang mamzel, mang lakord, mang dofine, mang mezonrouz, pie badamie, pie longann, pie friyapen, pie tamaren, pie papay, pie zat; ti ena enn varyete plant kouma vetiver, mige, vieyfi, viegarson; pie fler ti ase rar. Pre kot gorz ti ena enn group lakaz kot bann desandan esklav libere ti pe viv. Nou ti apel zot Mazanbik. Zot ti fer lelvaz koson, plant maniok ek batat. Souvan, sirtou dan Samdi swar, roulman ravann otour dife ti met lanbians e nou, bann zanfan, nou ti kal dan enn kwen pou get tamasa.

> *Dalennatana, a Moris bahout atcha!*
> *Dan Lenn mete langouti*
> *A Moris mete kalson, palto.*

Pa kone kifer, kan mo retourn lakaz, mo mama ti kontan dir, "To'nn al kot to fami. Kifer to pa al res laba?"

Larout prensipal nou vilaz ti apel Gran Sime. Li ti koumans dan bor Gran Raven, travers vilaz la, kontourn bann kolinn, pas par Lafnet – samem landrwa kot pa ti ena kolinn – pou desann ver lamer. De kote Gran Sime ti ena bann grap bitasion ar bann nom ki ti fer mwa reve: Kotez, Mamzel Zann, Plato, Sen Kler, Mapou, Roster, Melvil, Belmon.

Nou vilaz ti dan enn sitiasion bloke. Mo gran kouzen Sanasi ti kontan dir ki nou tou, nou kontan viv dan lenpas. Pourtan enn senp pon ki travers gorz Gran Raven, ennde sime ki pas ant bann kolinn pou desann lot kote ti pou kas nou izolman. Mo kwar li ti ena rezon kan li ti pe dir ki dapre li nou gagn enn santiman sekirite kan nou viv

60

dan nou nik lenpas ek anklavman. Akoz sa nou pa ti'le pran risk pou amenn sanzman. Ti sanzman korek; gran sanzman zame! Nou ti kouma enn tibaba ki pa ti pe anvi ne parski li ti bien dan vant so mama.

Zeografi ti fixe nou aktivite. Toulegramaten bann kamion ti vinn sers travayer pou al travay dan karo kann ek dan lizinn andeor nou baz; ti ena detrwa ki ti al lapes lor zot bisiklet e dan tanto zot ti revini ar zot tant pwason ki zot ti vande dan vilaz; seki ti pli malen ti ouver ti komers – ti laboutik, tabazi, marsan dile ki gramaten plen so bidon kot bann vase e lerla al vann dile la dan vilaz, marsan dipen ki ti osi marsan legim, marsan mersri-antrede ets; bann bon menwizie ek sarpantie ti pe kapav debrouye san tro difikilte; tou dimoun ti plant legim dan zot lakour, ti nouri zanimo pou zwenn de bout. Lavi ti pe deroule dousma-dousma. Dan nou vilaz souvan ti tann: "Chalata dire-dire!" Ar sa tou dimoun ti paret satisfe.

Zeografi ti ede par labitid. Dan nou vilaz tou dimoun ti kwar ki bann rol ti deside par desten e nou zis ti bizen aksepte. Desten ti swazir kisannla pou sef dan baitka, dan sivala, dan lakaz. Fam ti bizen okip lakwizinn, lakaz, mari, zanfan, lakour, zarden ek zanimo. Kan enn madam al travay dan karo pou tabisman 'lot kote laba', so gran tifi ti bizen ranplas li kan li pa la. Zis garson ki ti gagn drwa al lekol. Kan madam la ti retourne apre so latas, li ti bizen mat ar lezot latas fidelman, dapre koutim, kiltir ek labitid. Dan sivala, kovil, moske ek lasapel ti pres mem mesaz: Bondie kone ki li fer.

Kouma mo ti dir, mo ti ne enn lepremie Zanvie. Mo ti premie zanfan, premie tizanfan kote mo mama kouma kote mo papa. Plis enportan, mo ti enn garson. Panndit ti get dan liv pou kone ki nom Bondie ti swazir pou mwa me sirtou pou dir mo paran ki desten ti fini trase pou mwa. Mo ti ena enn gran desten. Pa ti ena plis detay. Me mo paran, gran paran ek tonton ti extra eksite. Bann madam ti al dan lakwizinn pou prepar gajak e bann misie ti al anba pie badamie pou tap enn tizafer. Pa kone kifer, zot ti apel sa pran enn lasante. Kan pli tar mo ti ole mo par dan lasante zot ti dir mwa li pa bon pou mo lasante. Difisil kone ki pase dan latet gran dimoun.

Mo anset ti vinn dan vilaz lepok ki tabisman ti bizen travayer dan plantasion. Dapre mo granper, mo aryer granper, Ramsamy Ramsamy, ti konn fer lekonomi e li ti aste enn porsion teren. Ler li ti mor tou so bann garson – ti ena sis antou – ti gagn zot par. Li ti ena tifi 'si me lor zot personn pa ti konn nanye. Kot mo ti reste ti apel Kan Ramsamy. Mo granper ti pli gran garson Ramsamy Ramsamy. Donk apre lamor mo aryer-granper, se mo granper ki ti vinn sef e li ti dirize kouma enn vre sef klan. Dan Kan Ramsamy ti ena trwa zenerasion dimoun. Mo granper ki ti swiv mo aryer-granper lor fer lekonomi ek lor bon envestisman, ti aste tou teren anvant otour nou kan. So garson kouma so tifi ti gagn enn bout teren pou konstrir zot lakaz e so bann zann ti vinn res dan Kan Ramsamy elarzi. Dan Lenpas Flanbwayan ti ena nou lakaz, lakaz kouzen mo papa ek so madam ek lakaz ser mo papa ek so misie. Me ti ena osi enn fami Mizilman e dan finision lenpas ti ena, kouma mo ti dir zot, bann Mazanbik. Mo papa ki ti pe pran plis responsabilite amizir mo granper ti pe vieyi, ti fer tou pou aste teren Bay Goulam me nou vwazen ti refiz vande parski, li ti pe dir ouvertman, li ti santi li ek so fami ansekirite dan Kan

Ramsamy. Madam Bay Goulam, Tantinn Fatma, ti enn bon kamarad ar mo mama. Bay Goulam, ki ti bien kontan so madam ti fer tou pou fer li plezir. Initil sey bouz bann ki ti viv dan Kan Mimi, kot bann Mazanbik ti pe reste, parski zot rasinn ti fini rant dan profonder later. Zot ti pe evolie natirelman dan enn lanvironnman pourtan pa fasil. Zot ti reysi domestik enn parti Gran Raven pou fasilit zot aktivite agrikol. Dapre mo papa, dan fon Raven zot ti plant kann pou fer tilanbik; ti ena osi ganja pou zot prop konsomasion. Mo papa ti bien kone parski zot ti vann tilanbik ar li e ar tilanbik melanze ar lapo zoranz, zirof, limon, tamaren mir li ti fer rom aranze. …Enn zafer drol. Ti ena boukou zanfan nou laz dan Kan Mimi me zame ti trouv zot lor ban lekol. Dapre mo mama ki pa ti tro kontan zot, bann zanfan la ti tro bet pou aprann Angle-Franse. Anverite sa lepok la pou al lekol ti ena enn fiz pou pey profeser. Konsey vilaz ti donn batiman me paran ti bizen pey fiz. Samem ti lapey profeser. Akoz sa boukou zanfan pa ti pe al lekol. Pa zis dan Kan Mimi. Dan Kan Ramsamy 'si ti ena zanfan ki pa ti al lekol. Sa, mo mama pa ti trouve.

Ti ena dan nou vilaz enn lider ki ti pe dimann administrasion santral ouver enn lekol pou tou zanfan dan vilaz. Li ti apel Kavi Ram. Kot nou, nou ti apel li Tonton Kavi. Kan mo ti gagn di-zan mouvman Tonton Kavi ti gagn so premie laviktwar. Administrasion santral ti ouver enn lekol 4 klas: 4-5 an, 6-7 an, 8-9 an, 10-12 an. Bann profeser ti peye par administrasion me zanfan ti bizen amenn zot prop lardwaz, kreyon, kaye ek plim. Dan gran klas bann zanfan ti bizen osi aste zot prop liv. Tifi ek garson ti aprann ansam. Dan klas 10-12 an ti ena bien tigit tifi, zis detrwa. Bann zanfan Kan Mimi ti pe koumans al lekol e dan klas 6-7 an ti ena enn tifi Kan Mimi ki ti bien resanble mwa.

Enn ti zafer kouma enn lekol ti amenn enn lot fason get dimoun. Kan mo ti pli zenn, Kan Ramsamy ti mo lemonn. Dimoun ti apel Rajen, Damee, Dev, Sanas, Raj, Nila, Vasou, Nann, Mahen, Suresh, Padma. Aster dan lekol ti ena zanfan depi Mapou ziska Belmon; depi Karo Filao ziska Mamzel Zann; depi Plato ziska Kan Bombay; depi Kan Laskar ziska Kan Mimi. Mo vokabiler nom ti vinn diksioner. Ti ena Farouk, Aysa, Panjay, Panday, Tikolo, Vonvon, Paul, Gabriel, Ameena, Suzanne, Suzette, Liseby, Roland, Rahim, Roland, Alain, Gerard, Baldeo, Mahipal, Lata, Singaron, Manikon, Renga, Singa, Naynama, Parvatee, Parvedi... Konte fini, nom reste.

Apre sa Kavi Ram ti desid pou ouver enn lafwar enn fwa par semenn dan enn plas bien santral. Dan koumansman mouvman ek tranzaksion ti lan ek mens. Kan bann dimoun ti koumans realize ki prodwi-fer-lakaz varye ti ena valer komersial sitiasion ti bien ameliore. Zour lafwar ti gagn dizef, dile-kaye, lazle-goyavdesinn, poule-sirpat, zasar-legim, satini-sevret, pima-konfi; pli tar ti koumans gagn lenz pou zanfan, rob, kourta. Enn zour enn dimoun ti gagn lide met anvant bann obze ki bar plas dan lakaz. Gran sikse. Lafwar ti pez start kreativite e dousma-dousma ti sanzman ti pe vinn sanzman ase konsekan. Me touzour dan mem direksion! Tanki bann labitid prensipal pa ti menase ek ti ena posibilite plen pos, pa ti ena problem. Me...

Kan Kavi Ram ti vinn ar proze pou institie enn konsey vilaz, la bann reflex tribal ti fer pwal drese. Sak kan e sak klan ti met so kandida e sak kandida ti pe viz pos prezidan.

Sak kandida ti rod lalians pou asir so laviktwar personel atraver laviktwar so lalians. Enn nouvo expresion ti rant dan vokabiler nou vilaz: solision winn-winn. Sak soley ki leve ti trouv debri lalians kase ek selebrasion lalians istorik. Rezion kont rezion, kan kont kan, klan kont klan, lari kont lari. Zame dan listwar nou vilaz ti ena otan tez pou explik natir natirel bann nouvo lalians e natir kontsezon bann lalians adverser. Tousa ti kapav fer gagn riye si pa ti ena violans. Nou vilaz ti asieze par enn ennmi envizib. Ostilite dan ler ti telman epe ki ti kapav koup li par trans ar enn senp kouto lakwizinn. Kavi Ram ti regret sa zour ki li ti gagn lide kre enn konsey vilaz. Degoute, li ti retir so kandidatir, disoud so groupman, lev so pake, al lot kote dilo. Zame ti retann li.

SAPIT 2

Zistwar Sunil

Mo ti pas lekzame 12-an. Aster ti ena pou deside ki pou fer.
Dan nou vilaz Legliz Evanzelik ti ouver enn kolez mix pou
prepar bann zenn tifi kouma garson pou lezame Matrik.
An Angle so nom ti "Matriculation", enn lekzame ki ti
permet dimoun travay dan Administrasion Santral, al lot
kote dilo pou etidie dan liniversite ousa aprann pou vinn
pret ousa maser ou lefrer. Mo ti anvi al kolez; mo mama
ti dakor; mo papa komdabitid ti prefer atann desizion mo
granper. Mo granper ti trouv sa kolez la enn danze pou
klan Ramsamy. Ki pou arive si so tizanfan les li enflianse
par manier ek krwayans bannla ki manz bef ek koson? Ti
ena boukou pannchait. Finalman mo ti bizen promet ki
zame mo pou manz bef ousa koson; ki gramaten-tanto mo
pou fer sanndia (lapriyer); ki toule-Vandredi mo pou res
karem (mo pa pou manz kavti). Akontreker mo granper ti
donn so benediksion, debous so boutey Goudwil, dir mo
granmer frir enn dizef.

    De premie lane dan kolez ti pas ase bien. Ler mo ti

koumans trwaziem lane ena zafer ki ti pe fer mwa santi mwa drol. Malgre ki bann tifi ek garson ti fer ti group separe inisex, ti ena garson ki ti atire par tifi ek tifi atire par garson. Mwa mo pa ti atire par tifi ditou. Ti ena enn garson dan mo klas ki souvan ti vinn dan mo rev. Li ti zoli e dou. Olie zwe foutborl ou voleborl, li ek mwa nou ti prefer asiz ansam anba enn pie. Enn zour kan personn pa ti pe gete mo ti anbras li lor so labous. Li pa ti dir mwa nanye; li ti fixe mwa, larm dan lizie.

Se ar Sunil Kan Bombay ki mo ti dekouver sexialite. Nou ti, kouma tou amoure, fer serman ki nou lamour ti pou eternel. Pli mo pans lor la plis mo trouv drol ki personn pa ti ena okenn doutans lor nou relasion. Mo kwar dan lespri dimoun nou ti zis de bon kamarad.

Mo granper ti desid pou ouver enn laboutik. Li ti ena enn kamarad Sinwa ki ti ena enn laboutik dan Gran Sime. Laba mem li ti aste so rom par lit. Dapre lalwa pa ti gagn drwa vann rom par lit me Kaptann, kouma tou dimoun ti apel li, ti fer enn exsepsion pou mo granper. Depi enn bon bout letan li ti pe ankouraz mo granper rant dan biznes detay. Pou Kaptann, mo granper ti ena ensten komers. Li ti mem donn li enn nom Sinwa: Ah Pow. Personn pa ti kone kifer me tou so bann kamarad ti apel li Ah Pow. Li ti mem montre li servi sif Sinwa pou ki bann kliyan pa konn sekre so biznes. Mo granper ki ti fer mwa fer serman mo pa pou gat nasion pa ti ezite servi lekritir Sinwa pou protez so lentere.

Ler mo ti gagn sez-an, mo granper ti deside ki mo ti finn ase aprann. Laboutik ki ti pe grandi ti bizen nouvo disan. Apartir lepremie Zanvie sa lane la mo ti vinn apranti mo papa ek mo tonton. Tonton Siram ki ti dernie frer mo papa ti ena anviron vennsenk-an. Li ti bien entelizan e par limem li ti aprann lir ek ekrir. Li ti pe depans boukou larzan lor liv. So madam ki ti detrwa-zan pli vie ki mwa ti al lekol e ti bien malen. Li ti pe ankouraz so mari. E mo tonton Siram ti pe partaz so konesans ar mwa. Li li ti soupsonn liezon ant mwa ek Sunil me li ti fer koumadir li pa konn nanye. Apre de-zan mo ti gagn grad dan travay. Granper, papa ek tonton ti deside ki mo ti kapav dormi dan laboutik parski mo tousel pa ti marye. Sa ti net dan mo lentere. Mo ti pou zwir enn gran liberte. Anplis aswar Sunil ti pou kapav vinn pas lanwit ar mwa. Zot ti kwar mo pa marye!

Travay boutikie pa ti tro exitan me mo ti pe gagn bann fasilite pou lir liv ek lagazet e aswar mo ti pe dormi ar mo bieneme. Sel problem se ki boner gramaten, avan koumans fer kler, mo ti bizen leve, ouver laport deryer pou les Sunil ale. Mo lavi ti pe deroule san gran problem ziska ki, enn Dimans tanto avan mo al dormi laboutik, mo mama dir mwa ki li bizen koz ar mwa.

– "Bala, mo'nn trouv enn bon tifi pou twa".
– "Enn tifi pou mwa?"
– "To prefer enn garson?"
– " Wi!"
– "Aret fer zokris. Mo pe koz serye".
– "Mo'si!"
– "To kontrer to papa. Li li ena fam partou, zanfan dan tou kwen… Twa…"
– "Be normal. Papa finn balye karo. Li finn pran tou pou li. Akoz sa mwa mo bat lamok".
– "Gete beta, to pre pou gagn ven-tan. Mama pa pou la toultan pou okip twa. Finn ler pou to marye, gagn zanfan".

68

– "Kifer gagn zanfan? Lemonn deza sirpeple".
– "To koz kouma to tonton Siram".
– "Li ena rezon".
– "Enn bon tifi mo dir twa. Li kler, li'nn aprann dan lekol. So mama dir mwa li konn koud, li konn kwi…"
– "Li konn fer gate?"
– "Taler to gagn enn klak ar mwa!"
Kan mo mama ti chombo kiksoz peyna li large. Dan so prop fason li ti konn amenn so kanpagn. Li pa ti ankor fini ar mwa. Lor fer lalians pa ti ena so segon. Mo papa, ki ti enn vie kornar e ki ti bien fann so pikan, ti enn gajak dan lame mo mama. Li ti konn roul-roul li, belo li kouma li ti anvi. Deziem mouv se gagn mo granmer ki li li ti konn trafik mo granper. Finalman avan ki mo mem gagn letan pou exprim mo lopinion, ti ena enn renionnfami. Ni mwa, ni mamzel ki ti konserne par sa tranzaksion la pa ti prezan. Mo ti pe koumans sagren li.

Me mo sitiasion ti bien pli grav. Si mo reziste desizion lafami, mo ti pou bizen kit mo travay dan laboutik – sel travay ki mo ti konn fer. Mo ti pou vinn enn ekzile. Mo ti pou oblize kit mo vilaz, al rod enn lot baz. Sa pa ti fer mwa gagn tro per. Pli difisil: mo ti pou bizen dir mo fami ki mo ti ge e ki mo ti deza ena enn partner ar ki mo ti extra ere.

Mo ti al get Tonton Siram pou gagn so konsey.
– "Non Tonton, mo pa enpotan. Mo pa gagn li bonn ar fam. Mo prefer Sunil".
– "Si koumsa, fer toulede. Marye enn tifi pou fer fami plezir e kontinie to lavi pou fer tomem plezir".
– "Ki ariv fidelite dan lamour?"
– "Sitiasion konplex dimann solision konplex".
Kouma pou dir sa Sunil; mo Sunil frazil kouma

enn bouton roz dan laroze glase? Mo ti al zwenn li dan
borlamer e la, anba enn pie filao, mo ti dir li, finalman, dan
ki dilem mo ti ete. Li ti res trankil koumadir depi toultan
li ti pe atann sa arive. Li ti kone ki dan nou vilaz nou blok
gran sanzman. Me seki ti sok li se ki mo'si mo ti pe fer
vadire. Dan nou vilaz nou toultan fer vadire pou evit fer
fas konfli. Tou dimoun rod res bien ar tou dimoun. Sunil
ti toultan dir ki li ti trouv sa manier la bien degoutan. Li ti
les mwa koze san dir nanye. Apre, li ti leve lantman, pran
so bisiklet e san dir enn mo li ti pran sime koupe pou al
Kan Bombay.

Mo mama ti extra ere ler mo ti dir li ki mo aksepte so
proze. Li ti sirtou soulaze parski li ti pou gagn enn servant
gratis parski so lasante pa ti tro bon. Apre maryaz ek
ennalou, doula ek doulinn ti gagn zot lasam. Si zegwi revey
ti kapav sot vennkat-er mo ti pou rekonesan. Me pa ti ena
sime koupe. Mo ti bizen fer fas. Mo pa ti pans ditou lor tou
bann konsekans mo desizion. Me la ti ena enn zennfi dan
mo lili e deor fami de kote ti pe atann rezilta. Ki pou fer?
Dir li laverite? Ki pou fer si li larg enn kriye isterik? Fer
koumadir mo etero? Eski mo pou kapav penetre li? ... Mo
koumans kares so ledo, desann anba. Li les mwa. Mo tir so
kilot, tourn li, pran li par deryer. Li kriye. Mo ti andan li.
... Bann paran pou kontan. Ti ena disan.

Kan nou ti koumans abitie enpe, mo ti dir li mo
zistwar. Li ti promet ki li ti pou gard mo sekre, san okenn
emosion. Pli tar mo ti aprann ki se Ratna ki ti pli trakase
ki mwa parski kan li ti ena douz-an so tonton ti viol li e
apre ti swiside. Sex dan vazen, dan so latet, ti enn zafer
ki ti asosie ar douler, laont ek lamor. Seki ti finn ariv nou
ti permet nou toulede sovlafas. Koumsa lavi ti kapav

kontinie vadire tou normal.

Enn semenn apre mo maryaz, mo granper ti konvok mo papa, Tonton Siram ek mwa pou gete kouma pou okip gardienaz laboutik aswar. Ziska mo maryaz se mwa ki ti pe dormi dan laboutik. Dan so stil paternalis, mo granper ti dir ki enn zom marye pa kapav kit so fam touleswar pou al vey laboutik. Mo ti dan rev ar Sunil. Mo kwar ti ena enn sourir lor mo lalev.

– "Bala! Kifer to pe sourir kouma enn pagla?"
– "Mwa?"
– "Wi, tomem!"
– "Pardon Tata!"

Mo papa ti propoz ki azout de lasam dan batiman laboutik pou enn koup kapav viv. Tro gran depans, mo granper ti dir. Mo granper lerla ti propoz ki Tonton Siram ek mwa fer li atourderol, sak swar. Nou toulede nou figir ti vinn long. Tonton Siram ti ena enn pies, enn zenn vev, ki ti res pre kot laboutik. Mo problem si ti parey.

– "Tata, pa kone si li bon seki mo panse. Ki ou dir si nou fer li toulesemenn?"
– "Pa, mo kwar enn bon lide sa".
– "Si zot de dakor, korek sa!"

Me mwa mo ti dekouyonn mo fars. Sunil ti fer mwa konpran ki li pa enn zouzou pou satisfer kapris enn egois. Mo ti swazir pou kas bag, bag ti finn kase. Pa kapav repare. Li ti finn fini rekoumans rekonstrir so lavi andeor Kan Ipokrit.

Sunil ti pe zwe lagitar e ti kontan ekrir sante. Ler li ti pran so bisiklet, kit mwa dan borlamer, li ti bien boulverse. Li ti santi ki mo ti pe trair lamour. Sa swar la li ti al dan enn bar kot enn ti group ti souvan zwe. Li ti konn zot. Sa swar la sef group la ti vinn ver li pou dimann li si li ti kapav ranplas enn koleg ki ti malad. "San repetision?" Sunil ti dimande. Lider group ti dir li ki li ti kapav enprovize. Ti enn bon koumansman. Group ti dimann li vinn ar zot. Li ti aksepte. Bien vit bann zenn ti vinn zot fann e zot ti pe konn boukou sikse dan gamat, maryaz, konser ek fennsifer.

Riptir nou relasion ti finalman kas lasenn ki ti pe blok devlopman Sunil. Me nanye pa prop net. Lavi enn kontradiksion. So group ti pran nom 'Fler Raket'. Zot ti koumans zwe dan lotel dan borlamer; zot ti pe al zwe lot kote dilo. Sunil ti pe ekrir ek sant bann sante ki ti top dan itparad. Li ti vinn enn star. Me lavi artis pa fasil; lavi enn artis ge ankor pli difisil. Li ti koumans pike; souvan partaz sereng. Se koumsa ki li ti kontamine ar VIH-SIDA malgre li ek so bann kopen ti pe servi kapot.

Enn zour mo ti gagn enn mesaz ki Sunil, ki ti dan lopital, ti anvi get mwa. Lor vites mo ti al get li. Premie lamour dan mo lavi ti vinn enn skelet, lapo kole lor lezo. Li ti zis kapav mirmir detrwa mo.

– "Bal, pardonn mwa!"
– "Non, koko, mwa ki ti fane".
– "Mo kontan twa!"
– "Mo'si!"

SAPIT 3

Zistwar Ratna

Enn lizinn textil ti pe opere dan vilaz. Li ti politik administrasion santral pou ankouraz devlopman endistriyel dan rezion riral. Bann antreprener ti pe anplway bann fam sirtou, parski lapey zom ti ennfwaedmi lapey fam. Mem bann fam ki pa ti literet ti anplwayab parski ti pe servi enn teknolozi primer. Plizier fam dan mo laz ti finn koumans travay dan lizinn. Enn zour, Solanz ki ti abit dan Kan Mimi – drol ki manier li ti resanble Bala – ti dir mwa ki so patron ti pe rod travayer. Mo belmer zame pa ti pou les mwa al travay. Mo sel lespwar ti Bala. Nou lexperyans negatif dan koumansman lavi ti fer nou vinn de bon kamarad, soude dan nou determinasion pou fer nou lavi gagn enn sans. Li ti bizen mwa kouma mo ti bizen li. Nou ti aksepte pou zwe lakomedi pou lizie lezot me ant nou ti ena enn konplisite. Mo ti anvi sorti dan prizon konvansion e mo kone Bala ti pou ed mwa. E li ti ed mwa. Li ti menas so mama ki li ti pou al res dan enn lakaz lwe ar so fam si pa les li al travay dan lizinn. So mama ti oblize kaptile.

Premie fwa dan mo lavi mo ti ena lendepandans finansie. Kondision travay ti difisil me omwen mo ti pe gout enn liberte rar ki pa ekziste dan esklavaz domestik boparan. Akoz so travay dan laboutik, Bala ek mwa ti pas bien tigit letan ansam. Mo ti sey konsol li kan Sunil ti mor. Li ti santi limem koupab. Mo ti desid pou ed li sorti dan so sitiasion difisil avan divorse. Enn swar li ti dir mwa ki li ti ena enn kopen.

– "To kontan li?"
– "Pa kone. Me kan mo ar li mo bliye mo lapenn".
– "Dirab?"
– "Pa kone. Mo kwar".
– "Mo kapav ale?"
– "To anvi ale?"

Mo ti zis bouz mo latet enn bien tikou pou dir wi. Mesaz ti pase.

Mo ti fer konesans Bay Farouk, enn sofer vann ki ti transport nou kan nou ti travay dan sift aswar. Bann kamarad travay ti dir mwa ki li ek so madam zot ti pe viv tousel dan enn gran lakaz. Zot ti ena enn sel zanfan ki ti mor par overdoz. Tanzantan zot pran lokater. Enn gramaten, boner, ler li ti vinn depoz mwa, mo ti dimann li.

– "Ou'ena sans Mamzel! Mo lokater finn fek kite".

Li ti apel tou bann fam mamzel. Li ti ena rezon. Enn bon fason pou evit lamerdman. Ena fam pa kontan kan apel zot madam.

Bala ti bien ed mwa pou demenaze. Li ti dir so mama, dan enn ton ferm, pa fou so nene dan mo zafer. Dan lakaz Bay Farouk mo ti ena enn lasam konfortab. Nou ti partaz tou lezot fasilite. So madam ki bien vit ti dir mwa apel li tantinn – pa madam – ti bien edike. Pli tar mo pou aprann ki, parski li pa ti pe gagn demann, so paran ti met presion lor li pou li marye kan fami Bay Farouk ti fer so demann. Pou fami Tantinn Khadija, li ti enn gran laont kan enn tifi tas lor poto. Ti ena toutsort kalite palab. Pourtan, enn zafer rar pou dimoun sa lepok la, Khadija ki ti grandi dan kapital, ti al kolez, ti pas so Matrik, ti gagn admision dan liniversite lot kote dilo. Me kan li ti rant dan so deziem lane, so papa ti gagn enn atak. Rezilta so biznes ti vir anbalao. Khadija ti bizen retourne lor vites. Li pa ti reysi vinn enn profesionel endepandan. Ti res enn sel solision. Marye li. Bann zom maryab dan sa ka la ti rar. Bann avoka ek dokter pa ti trouv li ase ris; bann fonksioner ti per enn fam edike e ki ti finn konn lavi etidian liniversite. Wi, Khadija ti tas lor poto. So frer ki ti pran biznes so papa ti trouv li kouma enn gran fardo. Enn ti fami ar Khadija ki ti osi fami ar Bay Farouk ti aranz zot maryaz. Khadija ti senk-an pli vie ki Farouk ki ti zis enn kolporter. Apre zot maryaz, Khadija ti koumans ed Farouk organiz so biznes. Olie met marsandiz lor bisiklet pou al vande dan tou kwen nou vilaz, so fam ti donn li enn mobilet. Anplis li ti gard kont tou tranzaksion. Pli tar zot ti fer konstrir enn godam kot ti kapav stok boukou marsandiz ki enn fwa par mwa Khadija ek Farouk ti al aste dan kapital. Ler Khadija ti ansent so dokter ti enpe trakase parski li ti ase vie. Zanfan la ti ne par sezaryenn e zinekolog ti dir koup la ferm robine. Khadija ek Farouk ti tro gat zot garson. Parski zot biznes ti pe grandi zot pa ti ena boukou letan pou okip li. Enn servant ti pe okip li. Garson la ti gagn tou seki li ti dimande. Boner li ti koumans bwar. Pli tar li ti koumans droge. Li ti pe koken dan tirwar so mama, dan pos so papa pou aste so doz. Enn zour enn trafikan ti propoz li enn diil. Li ti pran livrezon, vann enn parti marsandiz la, konsom enn parti e kan ti ariv ler pou fer kont ti ena enn gro defisit. Li ti panik. Mafia ladrog ti realize ki sa garson la ti vinn danzere parski li ti konn tro boukou kiksoz. Li ti mor par overdoz.

Zordi Khadija ti ena anviron swasantsenk an e Farouk swasant. Farouk ti gagn enn kontra pou sarye travayer lizinn. Li ti aste enn vann ek enn bis. Zot ti ena konfor materyel me enn gran tristes ti toultan pe trouble zot. Zot ti santi ki zot ti responsab lamor zot zanfan. Me zot pa ti konpran kimanier. Sa flou la ti enn pli gran tortir. Aster ar mo prezans, enn lokater ki bien vit ti vinn enn zanfan lakaz, Khadija ek Farouk ti pe rekoumans viv.

Enn zour Khadija ti dimann mwa kifer mo pa ti rekoumans aprann. Mo ti pas mo lekzame 12-an avek merit. Mo ti kapav fasilman aprann ziska Matrik.

– "Mo ena plis ki ven-tan. Pa tro tar?"

– "Zame tro tar. Get sa, mo kone sa proze la pe fer twa gagn per. Nou kas li ande. Aprann ziska Jinior. Apre nou gete".

– "Ki kantite ena pou aprann?"

– " Mo pa konn silabes me mo konn kikenn ki kapav ed nou. Mo kwar mo pou kapav ed twa dan tou size. Sa pou fer mwa boukou plezir".

– "Mo pa'le donn ou traka, Tantinn".

– "Pa traka sa beti, pa traka. To pou ed mwa bliye mo traka".

Pandan kat-ran mo ti okip mo travay ek mo letid e ler mo ti pre pou gagn vennsenk-an mo ti pas mo Jinior. Ar sa sertifika la mo ti kapav rant treyning pou vinn mis lekol primer. Pou fer sa mo ti pou bizen kit mo vilaz e aprann viv san Tantinn Khadija ek Tonton Farouk. Ti enn desizion difisil pou pran. Mo ti aplay e mo ti gagn admision. Mo ti al get Bala dan so laboutik. Pou li mo ti pou fer enn gran erer si mo ti refize. Tonton Farouk ti konpran me Tantinn Khadija ti bien tris. Li ti sir ki zame nou pou rezwenn. Li ti ena rezon. Enn mwa apre mo depar, Tonton Farouk ti telefonn mwa pou donn mwa enn move nouvel.

SAPIT 4

Mo Vilaz (II)

Mo ti zwenn Ratna dan lanterman Madam Farouk. Li ti vinn enn lot dimoun ki ti kone ki li ti ete e kot li ti anvi ale. Mo papa ki pa ti tro bien ti donn mwa so par dan laboutik. Li ek mama ti vinn bien relizie e zot ti pas tou zot letan dan lapriyer. Mwa ek Tonton Siram, kom de partner, – depi lontan mo granper ti finn kit nou – nou ti desid pou sanz bataz laboutik pou fer li vinn enn sipermarket. Enn parti bann kliyan pa ti tro kontan, sirtou bann ki ti abitie pran kredi e peye kan kas lakoup rantre. Malerezman pou zot progre ti pran sa sime la. Dan vilaz e dan bann rezion avwazinan enn divan sanzman ti pe soufle. Me sanzman ti touzour dan mem direksion: zwisans endividiel.

Nou rezion ti toultan ena repitasion enn landrwa tanpere. Ni tro so, ni tro fre; ni tro imid, ni tro sek. Vadire lanatir ti swazir kot nou pou fer enn lexperyans pou trouv lekilib ant extrem me dimoun ti prefer lekontrer. Depi enntan boukou etranze ti pe vinn kot nou pou aste teren pou konstrir zot rezidans segonder. Dousma-dousma bann lespas ver ti pe disparet. Timama tann dir ki Granbwa Bwanwar ki depi koumansman letan ti apartenir pou tou dimoun ti vinn propriyete enn promoter. Parey pou Karo Filao, Karo Kaliptis, Karo Bwadwazo, Karo Tekoma. Nou ti ena labitid sirkile libreman. Aster partou kot nou pase ti ena ekrito: no entry, pasaz enterdi, propriyete prive. Mem son partou depi nou vale ziska borlamer. Bann fermie pov ti pe oblize vann zot later; bann fermie ris ti pe grandi zot lanpir. Mo rapel kan Kavi Ram ti rod met dibout enn komite vilaz pou manej nou rezion. Pov jab la ti bizen kite, sove. Me depi di-zan bann finansie, bann gran fermie, bann endistriyel ek bann profesionel ti finn reysi met dibout enn administrasion minisipal (pli tar li ti vinn Administrasion Otonom) ki ti finn donn fasilite devlopman enn ti group dimoun ki ti pe kontrol tou: later, dilo, plantasion, lendistri, labank, media. Olie sey persiad bann sef klan ek kan, zot ti finn zis aste zot enn par enn. Bann ki ti sey reziste ti aprann ki labank ti kansel zot ipotek; ki zot zanfan ti perdi plas pou konportman outrazan; ki kanal ki ti amenn dilo dan zot plantasion ti bouse. Pitay, mo fami, samem pli gran argiman, argiman pli for.

Mo pa ti kapav tro plengne parski nou biznes ti pe benefisie. Nou'si nou ti pe 'devlope'. Pou nou devlope nou ti obliz bann lezot ti laboutik ferme. Enposib kompit ar nou. Nou ti ena soutien group finansie. Akoz sa nou ti kapav kas pri ziska ki konpetiter dimann pardon. Mo ti fer ferm ar zot. Mo ti donn zot enn job dan nou sipermarket. Enn ti job kas-kase.

Lenpas Flanbwayan 'si pa ti sap dan lak devlopman. Ti ena enn promoter ki ti enterese ar tou bann teren ki ti bord Gran Raven. Bann ti propriyeter, enn par enn, ti pe aksepte sed zot drwa. Ler ti ariv nou tour, Tonton Siram ek mwa, nou ti desid pou reziste. Bann abitan Kan Mimi, Bay Goulam ek so madam, Tonton Siram ek Tantinn Sita, mo mama ek mo papa nou ti zwenn pou diskit sitiasion. Nou tou ti ferm dan nou konviksion ki nou pa ti pou sed enn pous later.

Po later ti bizen aksepte siperyorite po anfer. Bann azan pwisans finansie, kouma lera soufle-morde, ti ronz rezistans bout par bout. Dabor bann abitan Kan Mimi ti koumans flote avan zot rant dan lozik pouvwar lamone. Ti ena promes travay, lozman sosial, laferm entegre pou lelvaz koson. Enn pon kat vwa ti pou travers Gran Raven; enn teleferik pou monte, desann. Avan lizie bat de kou ti ena signatir, lakrwa, pous lor bordro. Ler mo mama ti aprann sa 'traizon' la, li ti vinn isterik, ti bliye tou so lapriyer e ti tom lor mo papa. Lerla ki mo ti konpran kifer Solanz ti resanble mwa koumsa.

– "Kifwa Ratna 'si"!
– "Ratna?"
– "Be wi, to pa trouve, li teti kouma twa".

Labank ek fourniser ki ti donn nou boukou fasilite kredi enn kou ti redi lalinn pou trangle nou. Mo ti vann mo dinite pou gard mo sipermarket.

Modernizasion, liberalizasion, deregilasion ti pe soufle tronpet ek tap tanbour for-for. Nou vale, flan kolinn, lespas ziska lamer ti vinn enn model devlopman. Bann media ti ranpli ar lartik ki montre reysit minispalite. Personn pa ti enterese pou kone ki ti finn ariv bann planter, peser, artizan. Pa ti ena lartik lor enn imans geto, enn site depotwar san dilo, elektrisite, lozman desan, enfrastriktir

80

sosial; enn poubel imen kot lalkol, ladrog ek SIDA ti pe 'devlope' for-for. Dimoun laba ti apel zot lespas 'Danfour'. Mo kwar zot ti'le dir Darfur.

Dapre bann diskour ofisiel mo vilaz ki ti divize an kan ek klan depi Mapou ziska Belmon, depi Mamzel Zann ziska Gran Raven ti vinn Siti-Ini. Diferans ti finn disparet. Prosperite ti vizib partou. Enn model pou limanite. Nepli ti ena klan, klas, kan. Siti-Ini ti dimann e gagn so otonomi. Li ti vinn enn leta dan leta. Kartie endistriyel ti kosmopolit; kartie rezidansiel ti kosmopolit; kartie komersial ti kosmopolit. Siti-Ini ti vinn enn miniatir Nasion-Zini. Depi kolinn ziska lamer nouvo ti ranplas ansien net. Telman bien ranplase ki kan ou mars dan lari Siti-Ini vadire ou dan Hong-Kong ousa Singapore, ousa New York, London ou Paris. Kosmopolit net! Bann artis, poet kouma pent, ti koumans regret 'letan lontan'. Me Administrasion Otonom lor vites ti pe denons reflex paseis. Media ti boykott zot; galri ti boud zot. Plizier ti prefer emigre. Kiltir lokal ti al enndergrawn. Holly-Bollywood ti pe kas pake e kas konte.

Kouma mo ti dir, bann ti laboutik ti disparet ek enn trale ti-sipermarket kouma pou nou ti ranplas zot. Zot ti ena bann zoli nom: Flanbwayan, Sitronel, Yapana, Pikpik, Kardinal, Plato, Belmon ets. Zot servis ti ena enn tous amikal parski zot ti pros ar dimoun zot lokalite. Sa ti tro zoli. Bann finansie ki ti rod bann domenn ki garanti maximem profi lor vites ti pe viz komers detay. Enn miltinasional, Universal Stores, ti desid pou aste tou, moderniz e reorganiz komers detay. Tonton Siram ek mwa, nou ti kone ki nou ti fini tas dan leto. Zot ti tro for. Kot nou ti bouze nou ti manz feyaz. Zot ti propoz ki nou de travay ar zot kom asistan-manejer. Tonton Siram ki depi enn bon bout letan ti pe travers difikilte dan so koup pa ti kapav tini presion nouvo sitiasion. Li ti tom dan lalkol net. Enn zour li ti donn mwa so libreri parski peyna lavenir dan liv. Lerla ki mo ti realize ki kantite so konesans ti profon. Li pa ti ena zanfan e dan so latet mo ti so zanfan spiritiel. Tantinn Sita 'si ti bien pros ar mwa. Nou ti vinn de bon kamarad e zis ar mwa ki li ti rakont so soufrans. Dan koumansman li ti sey tou pou tir Tonton Siram dan piez lalkol. Enn zour, fatige, degoute, li ti kit li. Tonton Siram ki ti finn perdi so boue sovtaz, ti plonz dan fon net. Laont, solitid, depresion ti ed Tanatos gagn laviktwar lor Eros. Zour so lamor li ti ena pre senkant-an.

@

SAPIT 5

Zistwar Tantinn Sita

Bien zenn mo ti perdi mama ek papa e mo tantinn ti adopte mwa. Mo ti grandi dan klan Treepat, enn fami ki ti aktif dan borlamer. Tantinn Kawnselia ti tret mwa kouma so prop zanfan. Li ti ankouraz mwa aprann dan lekol. Mem zame li ti al lekol, li ti kwar dan ledikasion. Ler mo ti ena diset-an Tantinn Kawnselia ti dir mwa ki enn bon garson dan enn bon fami, fami Ramsamy, ti enterese ar mwa depi li ti trouv mwa dan maryaz mo kouzinn. Mo ti konn Siram vagman; li ti enn zoli garson ar enn ase bon ledikasion; li ti pe travay dan laboutik so papa. Kouma mo ti gagn laz pou marye, mo ti dir wi. Apre ki so fami ti fer demann ofisiel, Siram ti koumans frekante. Sis mwa pli tar nou ti marye.

Dan koumansman tou ti pas bien. Li pa ti brit. Tanzantan li ti aste liv pou mwa parski li ti kone ki mo ti kontan lir. Souvan nou ti koz lor bann zafer ki nou ti lir. Kan mo ti dir li ki mo kwar mo ansent, li ti extra eksite. Ler mo ti fer enn pert li ti boulverse. Ler mo ti fer mo deziem pert mo ti santi koumadir enn resor ti kase. Li ti

83

aret koz koze zanfan. Bien vit sex ar mwa pa ti pe enteres li. Kan mo ti koumans koste ar li aswar dan lili, li ti pe tourn so ledo, dir mwa li fatige, li ena pou leve boner pou al travay. Dousman-dousman mo lili ti vinn fad, frwa ek repousan. Kan Bala ti marye e mo boper ti dimann Siram ek Bala fer gardien atourderol, mo mari ti extra eksite kan so tour ti vini. Ti ena enn lot fam dan so lavi.

Mo lavi ti kouma enn pirog dan sek lor disab, enn polank vid. Mo tantinn, mo belmer, mo belser ti okouran dilem dan lekel mo ti ete me zot tou ti konsey mwa fer vadire tou korek. Pli tar kan Bala ti marye, mo ti gagn enn kompagn. Ratna omwen ti pe kapav koz ar so mari e kan li ti santi ki li ti bizen ale, li ti ale ar soutien so mari. Mwa 'si mo ti anvi sorti andeor mo prizon. Mo ti dimann Siram kifer mo pa al ed zot dan sipermarket. Mo ti kapav tini lakes. Non, ti ena enn kesier. Wi, ti fam la ti gagn enn plas. Mwa, so fam marye, pa ti ena sa privilez la.

Siram ti koumans bwar enpe tro. Bala ti pe sey fer mwa konpran. Pov Siram! Fam la ti pe fini li. Lorla li ti pe vinn enpotan akoz lalkol. Kouma enn dimoun entelizan koumsa kapav vinn enn kales kase? Mo nepli ti tro zenn me seki mo ti sir se ki si mo pa fer kiksoz mo 'si mo ti pou vinn enn kales kase. Bala tousel ti konn mo plan. Li ti sagren Siram me li ti konpran mwa. Mo ti bizen kit mo prizon ki ti pe fini mwa. Kikfwa mo pa ti swazir moman pli korek me mo priyorite se mo prop lavi. ... Enn sans Ratna ti donn mwa enn ti plas kot li ziska mo gagn enn travay.

Klan Treepat ti rezet mwa parski mo ti amenn dezoner; klan Ramsamy ti fer mem zafer. Me Bala enn kote ek Ratna lot kote, de dimoun ki ti finn konn boukou difikilte, pa ti les mwa tonbe. Sakenn so manier ti permet flanbwayan fleri dan lenpas.

SAPIT 6

Dan Danfour

Ler mo ti finn vinn enn proferser kalifie avek ase lexperyans, mo ti dimann poste mwa dan Danfour. Enspekter ki ti pe okip mo dosie pa ti'le kwar so lizie.

– "Mamzel Ratna, vremem ou'le al travay dan Danfour?"

– "Wi!"

– "Mo kapav kone kifer?"

– "Kan mo ti bien pli zenn, mo ti dan dife. Enn madam ki pa ti mem enn ti fami ar mwa, ti ramas mwa, nouri mo lekor ek mo lespri. Li ti donn mwa enn gran kado: lesperans.

– "Ou'le dir lespwar!"

– "Non, Misie Imambakas, lesperans. Enn santiman ki Bondie zame abandonn so zanfan".

– "Kouma li ti apele?"

– "Kisannla?"

– "Madam la!"

– "Tantinn Khadija".

86

– "Haaan! … Kifer Danfour?"

– "Si nou tou travay ansam, nou kapav replant lesperans dan Danfour".

Enspekter Imambakas ti rekomann mwa. Ti ena kwartez pou profeser dan lakour lekol. Konfor minimem. Mo pa ti bizen plis. Travay ti bien difisil. Mazorite bann zanfan ti viv dan fami-enn-paran, pli souvan kot zis mama prezan; bann zanfan la ti malnouri; seki enpe pli gran ti pe okip seki pli piti. Bann zanfan ti vinn lekol san lardwaz, kreyon, kaye ou liv. Lekol ti pe donn zot enn bout dipen ek enn goble dile grasa zenerozite enn ONG ki ti apel KaviRam. Siti-Ini ti viv lor maximem profi toutswit dan laglwar eternel; Danfour ti viv lor sarite.

Mazorite dimoun dan Darfour ti bann planter ki ti perdi zot later; bann ki ti perdi zot gagnpen parski lespas kominoter ti privatize; bann ki ti perdi zot lakaz parski bann promoter ti trik zot. Enn zour mo ti zwenn Solanz ki lontan ti viv dan Kan Mimi. Ti finn ena gran devlopman (pon, otorout, imeb, vila) me lakaz ki ti promet pou donn bann abitan zame ti sort dan later. Boukou zennfi ti pe oblize rant dan travay sexiel. Lazourne zot ti dormi dan enn lasam-kat-fey-tol e aswar dan rezion lantern rouz zot ti rod lavi.

Erezman ti ena ennde travayer sosial devoue ki ti pe sey fer dimoun regagn zot dinite. Me naz kontkouran li pa enn zafer fasil. Souvan parski zot fatige, zot san resours, san soutien Administrasion Otonom, zot abandone e lerla enn ti labouzi lespwar tegn.

Konpare ar lezot mo ti dan bien. Mo ti ena enn lapey regilie, enn plas pou kasiet lapli. Mo ti ena enn travay ki mo ti kontan mem si kondision ti difisil. Mo ti ankor zenn, ranpli ar lenerzi ek kouraz. Akoz tousa mo pa ti gagn drwa plengne. Dan Danfour, bann dimoun kouma mwa nou ti form enn rezo solidarite pou de rezon: pou anpes solitid pez tro for e pou ki nou devlop konplemantarite parski tou bann problem ti konekte. Tanzantan bann manm diferan ONG ti pe zwenn sosialman ek profesionelman. Nou ti enn ti pogne dimoun ar boukou lespwar ki dime kapav meyer.

Dan enn sa bann renion la – mo pa tro rapel sipa li ti sosial ousa profesionel – mo ti gagn enn sok. Bala, wi mo Bala, ek so kopen Gerard ti la. Pa zis sa. Kisannla lot ou kwar? Wi, Tantinn Sita. Ladan zis Gerard ki zame mo ti zwenn. Mo ti kone li ti ekziste me zame nou ti zwenn. Li ti enn pret manke. Li ti abandonn seminer kan li ti pran foul konsians so oryantasion sexiel. Me so lafwa dan Zezi pa ti kabose. Okontrer parski li ti onet anver limem so lafwa ti pe briye ar mil reyon miltikolor.

Nou ti enn ti group omozenn dan nou mision ek nou aksion. Nou tou nou ti ena ant karant ek senkant an; nou tou ti travers dan dife ki kapav brile me ki pirifie si konn chombo li; nou tou ti anvi met fren ar deteryorasion fizik, sosial me sirtou moral. Nou tou nou ti bann rebi lozik Siti-Ini. Danfour ti nou Apokalips ki ti pe anons lafen Lanpir Romen ki ti pe oprim nou. Gerard ti enn lider natirel, enn zeni organizasion; Bala ek mwa nou ti bon dan aksion lor teren parski nou ti konn koz langaz lepep, itiliz zot prop metafor pou fer zot trouv kler. Tantinn Sita – pa kone kifer mo ti kontinie apel li Tantinn – li li ti konn met bann fam ankonfians pou ki zot kapav koumans pran zot desten dan zot lame. So manier koze ti spesial.

Dan Danfour ti ena enn group zenn ven-vennsenk-an

ki ti koumans atire par lalit arme. Siti-Ini ti pe naz dan jalsa foulous pandan ki Danfour ti pe nwaye dan detres. Tou bann arter kominikasion ti bouse e lekar ant sa de realite la ti pe grandi. Administrasion Otonom ti aret servis minimal dan Darfour parski zot pa ti kontribie dan finansman aktivite. Lari pa ti asfalte; pa ti ena ramasaz ordir; bann dren ti bouse. Zanimo mor ti pe dekonpoze dan bor sime. Ti ena enn gran danze ki enn lepidemi kolera eklate. Linet roupi lor lizie ni Administrasion Otonom ni Gran Group Finansie ki ti kontrol 90% larises nou rezion ti realize ki nenport ki katastrof ti pou afekte tou dimoun. Plis lamas dimoun exkli, marzinalize ti ogmante plis ti pou ena problem sekirite pou tou dimoun. Bann modere ti regroup zot dan enn parti politik ki zot ti apel Mouvman KaviRam. Zot ti panse ki li ti posib asoupli boukliye Mamon pou enzekte lespri Zezi ek Gandhi. Popilasion Danfour ki ti pe tir jab par lake pa ti enterese ar koze mervey. Souvenir desepsion resan ti tromatiz zot lespri. Zot ti vinn fatalis. Langaz violan ti atir zot plis.

Eski travay sosial ti ase? Fouy trou, bous trou? Servi lakras pou tengn lensandi? Souvan dout ti rant dan latet e ti kal mo lelan. A Bondie kifer mo pa ti ena lafors moral Gerard! Tantinn Sita li, li ti kouma Sita dan Bannwas. Li ti kone, li dir, ki exil dan Danfour li ti zis enn kalver ki ti pou amenn nou ver Moksha. So Moksha pa ti lwen, li ti panse. Sa krwayans la ti permet li fer fas difikilte. Me enn swar ler li ti pe vinn get mwa, enn group vakabon ti tom lor li. Pourtan zot ti kone ki li dan nou group. Violans, vol, viol. Zot ti les li dan enn karo pikan, san konesans. Lelandime ler ti trouv li, so lekor ti kouver ar fourmi rouz. Me li ti ankor vivan. Ti ena enn dispanser ki ti roule par bann volonter. Laba li ti gagn premie swen. Pa ti ena lanbilans pou amenn li lopital. Enn dimoun ki ti ena enn vie kachak-charli ti ofer so led. Se koumsa ki ti reysi sov so lavi. Me li ti kontamine par viris SIDA. So Moksha ti paret bien lwen aster.

Kan nouvel so 'aksidan' ti fane, boukou fam ti vinn get li pou soutenir li. Zot ti fer enn asosiasion otodefans pou fam. Zot ti mem ranz enn lokal pou rezidan. Zot ti apel li "Papernoula". Boukou zom ti vinn ed zot.

Malgre dezenteresman dan aksion sosial par mazorite, asakfwa ki ti ena enn maler, ti ena enn mouvman solidarite spontane e enn ti lalimier ti alime kot personn pa ti atann. Lesperans pa ti enn koze fos.

Seki ti plis difisil se trouv enn sime ant politik represif Administrasion Otonom ek lalit arme; enn sime non-violan, determine ki amenn lazistis sosial ek plis boner pou pli boukou dimoun. Kimanier fer travay sosial ek aksion politik mars annarmoni? Ti ena enn konfli ant sosial ek politik parski parmi travayer sosial ti ena seki ti antipolitik – tou politisien manter, voler, kouyoner – e parmi politisien ti ena ki ti trouv rivalite – bannla pe lapes dan nou baraswa. Mo pa ti ena okenn experyans politik; anfet mo ti plito mefie politisien me dan mo latet ti ena enn lide vag ki li ti posib fer sa de la mars ansam. Dapre Bala, mo ti enn idealis volontaris… Tou ti anbrouye dan mo latet.

Mouvman KaviRam so lider ti apel Dario Ravaton. Li ti ena boukou experyans dan travay sosial me li ti toultan panse ki travay sosial li ti enn tranplen pou al ver aksion politik me anmemtan travay sosial, kan li vedir konsolidasion bann lobi efikas, li kapav vinn baz sikse politik. Pou li sa de la mars ansam; parfwa enn plis priyoriter, parfwa lot ki priyoriter. Li ti refiz bann divizion rizid dan enn lemonn dinamik. Me pou reysi ti bizen ki toultan nou pa bliye kot lasours nou problem ti ete. Mo ti pe konpran so bann lide parski nou ti pe zwenn ase souvan. Dario so tifi ti dan mo klas. Tifi la ti ena difikilte pou aprann. Mo pa kwar li ti dislektik me plito li ti boulverse par kiksoz ki ti ariv li. Mo ti dimann ki so papa ousa so mama vinn get mwa pou ed mwa konpran zanfan la. Se Dario ki ti vini. Li ti fer mwa konpran ki li ti paran-inik. So madam enn zour ti kit zot anplan. Li pa blam li parski li pa ti enn mari ekzanpler. Depi sa zour la li ti okip so de zanfan avek led bann vwazen. So tifi, Jesika, ti bien afekte par depar so mama. Mo ti ofer pou okip zanfan la dan tanto apre lekol, si li pa ti ena okenn obzeksion. Pa ti ena obzeksion. Jesika ti pe rapros nou dousma-dousma. Enn tanto ler li ti vinn sers so zanfan, li ti donn mwa enn boutey diven rouz ek enn roz rouz.

– "Ki lokazion?"

– "Mo zis anvi".

– "Kifer to pa reste; mo fer enn ti manze; nou gout li ansan".

– "David pou tousel. Mo finn kit li kot enn vwazen".

– "Be al sers li!"

Amizir sitiasion ti pe deteryore, violans ti pe fann so lapipi. Bann zenn ti pe vinn deplizanpli enpasian. Zot ti apel zot mouvman Maw-Maw. Li pa ti kler si zot ti Mao-Mao ousa Mau-Mau. Enn fwa mo ti dimann enn dirizan sa kestion la. Li ti fixe so pous lipie detrwa segonn avan li ti dir mwa: "Toulede!" Dan Siti-Ini ti koumans ena detrwa dimoun bonnvolonte ki ti pe dir ki si pa fer nanye, violans pou vinn kiltir zeneral. Pa kapav zis koz krwasans san pran kont deteryorasion dan domenn sosial. Leta otonom pa ti kapav zis enn fasilitater ki permet ris vinn pli ris. Li ti bizen okip bann pov, bann malad, bann vie, bann andikape; li ti bizen okip ledikasion ek lasante tou dimoun. Sa bann dimoun bienentansione la pa ti organize; zot pa ti ena okenn enflians lor pouvwar desizion. Bann media ki ti dan lame gro lamone ti sansir zot malgre ki ofisielman zot ti kont lasansir. Parski deba demokratik ti bloke, violans ti vinn expresion normal bann viktim devlopman san leker.

SAPIT 7

Premie Sign

Dan bordroum FoulousPlennti Inc.

CHERPERSONN: Aret badine vouzot! Selon serten siyantis seki pe arive, zis so reklam. Sitiasion pou vinn pli delika e grav biento.

MANM 1: Bann siyantis pe rakont nenport, pe koz nahiin. Mwa mo ena dan mo larme siyantis ki dispoze prouv lekontrer si nou fer zwer ar zot.

MANM 2: Asipoze li vre, anou servi siyans ek teknolozi pou rezoud problem la.

CHERPERSONN: Samem nou douk. Dapre bann exper teknolozi pa pe kapav bar sime problem ki teknolozi finn kree.

MANM 10: Ki sa siperstision la? Teknolozi ena solision pou tou.

CHERPERSONN: Pourtan li pa'nn reysi met enpe diplon dan to koko! (*Tou dimoun riye*). Bon ase badine! Tou nou bann dernie envestisman pe tom dan dilo.

MANM 12: Misie Prezidan, ou enn joker. Tom dan dilo. Laverite! Bann vila piedanlo finn rant net dan dilo. Ha! Ha! Ha! Mari komik!

CHERPERSONN: Nimero 12, aret fer zokris!

MANM 12: Wi Misie Prezidan!

CHERPERSONN: Bann akerer vila delix pe fer valwar zot drwa. Dan kontra ena enn kloz ki si dilo pa respekte zot propriyete, nou, vander vila, nou bizen dedomaz zot. Si nou ena pou pey konpansasion dapre lalwa, nou met fayit. Nimero 12, to'nn aret riye?

MANM 12: Ena so solision, Misie Prezidan, si ou permet mwa...

CHERPERSONN: Permet twa!

MANM 12: Si koumadir enn bom tom lor nou lavil, kraz tou, ena konpansasion pou nou peye?

MANM 7: Aret fer ler do toutouk!

MANM 9: Bizen met enn tax lor koze.

ZOT TOU: Wi! Wi! Wi! Enn tax lor koze! Enn tax lor koze! Enn tax lor koze!

CHERPERSONN: Zokris ena rezon!

ZOT TOU: Hen!

CHERPERSONN: Nivo dilo monte, sa li enn katastrof natirel kont lekel nou finn donn nou bann kliyan garanti pou ki zot met tou zot blakmoni dan nou biznes. Me enn bom, li pa enn katastrof natirel.

MANM 10: Samem mo ti pe dir. Teknolozi ena solision pou tou.

CHERPERSONN: Ayomama! Zot ena rezon. Bizen enn tax lor koze.

ZOT TOU: Wi! Wi! Wi! Enn tax lor koze! Enn tax lor koze! Enn tax lor koze!

CHERPERSONN: Atann! Ena enn solision politik!

ZOT TOU: Politik!

CHERPERSONN: Wi, politik. POLITIK! Dan Danfour ena enn ta ti kouyon ki pou enpe lamone pou dispoze fer travay la.

MANM 5: Ki travay?

CHERPERSONN: Nou pran enn group delenkan, arm zot; apel zot Mouvman Liberasion Danfour; donn zot materyel pou dinamit tou bann vila 'piedanlo'.

MANM 4: Be ena sirveyans ek sekirite; ena lapolis ki fer patrol.

CHERPERSONN: Sosiete Sirveyans Ek Sekirite, SSS, li enn konpagni ki nou kontrole. Nou donn enstriksion sirveye lizie ferme. Mo va koz ar Premie Administrater Otonom – Otonom! Fer riye. So kalson pa pou li! – Pandan enn semenn avoy lapolis al fer patrol lor kolinn.

MANM 1: Li pa tro drastik seki nou pe rod fer? Kifer nou pa kraz bann kolinn pou konble lamer?

CHERPERSONN: Zame finn tann global warming? Sanzman klimatik? Pol Nor ek Pol Sid pe fonn? Zame? Pa pou kapav aret dilo. Konstrir ladig? Ladig defonse! Apre nou mision se pa aret lamonte dilo. Nou mision, nou devwar anver nou bann aksioner se maximem profi toutswit. Mo propoze ki zot donn mwa plen pouvwar pou fer sa louvraz la. Pa bliye enn lot zafer. Dapre mo lenformasion, Mouvman KaviRam pe koumans vinn popiler. Mo finn sey aste Dario Ravaton. Enn latet dir sa. Enn kout ros, de zozo mor. Nou fann rimer ki brans arme KaviRam pe detrir tou.

MANM 2: Pa enn mouvman non-violan sa?

MANM 12: Pli enn mansonz gro pli li efikas. Nou zet

otan labou ki nou kapav. Bann KaviRam pou sey tir labou lor zot. Souye, frote, lave… Fer seki zot anvi, pou ena tras labou pou reste.

CHERPERSONN: Zokris, to pa zokris ditou. Kot to'nn gagn sa lide la?

MANM 12: Dan Mein Kampf!

CHERPERSONN: Enn dernie kiksoz. Sak geng pou ena enn sel mision apre kwa li pou disparet… fizikman… Konpran? Fale pa ena temwen. Pou ena lanket lapolis apre sak demolision ki pou fini par enn fiziyad kot bann bandi pou zwenn tase.

ZOT TOU: Felisitasion Kapitenn! Ou ki ti bizen pe diriz sa pei la.

CHERPERSONN: So ler pre pou vini.

SAPIT 8

Papernoula

Nou refiz, Papernoula, malgre resours limite, ti pe kapav ed enn dizenn fam. Kan mo ti degaze enpe bann manm ti dimann mwa okip refiz la foultaym. Pou mwa sa lof la ti enn kado Bondie. Mo Moksha ti pran enn form ki mo pa ti atann ditou. Mo pa ti kone komie letan mo ti reste pou viv me sa tigit lavi ki ti reste ti ena enn direksion kler, enn sinifikasion prop. Nou ti pe servi later otour nou refiz pou kiltiv legim e pou fer lelvaz poul, lapen ek kabri. Me san koudme enn filantrop nou pa ti pou kapav zwenn de bout. E bann seropozitif pa ti pou gagn tretman anti-retro-viral (ARV). Si ti ena finansie rapas anmazorite, ti ena enn pogne ki ti zene par lamizer dimoun ki sistem ti pe zet dan depotwar. Enn zour sekreter Misie Robert Grangayar, ki ti pe finans nou refiz, ti vinn rann nou vizit pou dimann nou si nou ti pou aksepte vizit so patron. Personn pa ti obzekte. Li ti bien vie. Li ti kwar dan sarite parski pou li kan donn dimoun pov se koumadir nou pe pret Bondie. Me ler mo ti dir li ki se pa sarite ki pou sov nou me pouvwar ekonomik

97

li ti tike. Li pa ti paret pe konpran.

– "Zot pa'le mo ed zot?"

– "Non, pa mal konpran nou Misie Robert. Ou led li plis ki presie me li pa permet nou dres nou ledo".

– "Mo pa tro konpran. Mo'nn abitie pans enn manier me la koumadir ena enn lot…"

– "Non, pardon, mwa ki pa konn koze. … Mo extra apresie ou prezans isi. Vinn get nou kan ou gagn letan".

– "Letan mo pa manke. Mo ena plis ki bizen me…"

– "Me?"

– "Ou kone dimoun dan mo klan, zot pans enn lot manier. Mwa mo nepli kone ki pou panse depi ki…"

– "Depi?"

– "Enn lot fwa mo dir ou!"

Depi sa zour la so kontribision ti ogmante e so vizit ti pli frekan. Li ti bizen nou kouma nou ti bizen li. Enn lalians natirel ousa kont natir? Mwa mo ti trouv li normal me ti ena lagel sal ki ti pe zet labou. Ankor enn fwa mo trouv fler flanbwayan dan fon lenpas dan bor presipis.

Boukou violans dan Danfour kouma dan Siti-Ini. Nouvel ti pe sirkile ki bann vila piedanlo ti pe eklate kout bom enn par enn e partou ti ena kout fizi ant lapolis ek 'teroris'. Teroris ti pe mor par grap. Boukou zenes ki ti rant dan lak Cherpersonn ek so bann konplis, ti zwenn lamor. Dan Danfour ti ena enn lot kalite violans. Bann viktim violans ti sirtou bann fam ek zanfan. Andire ler ena gran stres ek fristrasion, dimoun rod pli feb ki li pou vomi so malez.

Ti ena boukou plis demann led dan refiz Papernoula. San koudme Robert nou pa ti pou kapav zwenn de bout. Enn zour enn loto ti aret divan nou refiz e sofer la ti amenn

enn lanvlop pou mwa. Ti enn let Robert ki ti envit mwa vinn dine kot li. Mo ti pe ezite. Pa sir ki mo ti bizen fer. Mo ti dimann konsey bann kamarad. Zot tou ti konsey mwa ale. Sa swar la loto Robert ti vinn sers mwa.

Mo ti pe gagn gos dan so domenn me Robert ti pe fer tou pou met mwa alez.

– "Sita, mo bien bizen dir ou kiksoz. Mo pa ena boukou zour pou viv…"

– "Pa koz koumsa!"

– "Mo serye. Mo ena enn kanser e biento mo pou dimann mo dokter andormi mwa. Eski ou kapav asiz kot mwa ler sa arive? Mo peyna personn. Mo ti ena de zanfan, enn tifi ek enn garson. Zot ti pou ena mem laz ki ou zordi. Enn aksidan elikopter! … Chuut! Les mo fini. Mo ena boukou kas, enn lanpir… Zordi peyna personn pou trap mo lame ler mo fer mo dernie pa. Apart ou.

– "Peyna problem! Mo pou la".

– "Sita, li ilegal seki mo pe dimann ou. Ena prizon ladan".

– "Mo'si mo peyna lontan pou viv".

– "Mo kone ou seropozitif. Pa per. Enn zour pou dekouver so remed. Gard lespwar. Mo ena enn deziem zafer pou dir ou. Mo pe fer enn don mo lanpir finansie. Prensipal benefisier se Papernoula. Mo noter finn fini prepar bann dokiman legal. Li pou explik ou tou bann detay. …Bon aster nou pas atab".

Ti ena bon manze me mo pa ti fen ditou.

Lelandime mo ti dimann Ratna, Dario, Bala ek Gerard vinn zwenn mwa pou enn zafer irzan. Zot ti kwar mo bien malad. Ler mo ti donn zot nouvel Bonomnwel zot ti kwak. Nou tou ti per enn sel kiksoz. Lamone fasil ti kapav fasilman fer nou devie e ti ena danze ki bann roderdeler ti pou borde anmas.

@

SAPIT 9

Epilog

Nivo lamer ti pe kontinie monte. Enn saler torid ti pe bril partou. Bann vie ek bann baba ti parmi bann premie viktim. Dilo ti koumans manke; respirasion ti pe vinn difisil. Apre enn long peryod lasesres, enn lapli toransiel ti koumans tonbe. Plizier siklonn violan ti pas lor nou. Later rasazie nepli ti kapav absorb dilo. Teren ti koumans glise; bann imeb ti pe grene. Glisman teren ti parfwa spektakiler parski ti ena parfwa koumadir enn tranblemandeter. Gro-gro gob bann kolinn ti pe sanz mouyaz. Ant lamer ek kolinn ti ena aster enn kanal ase profon pou bann ti navir navige. Topografi nou rezion ti sanze net. Lanatir martirize, koumadir enn zean ki ti pe sakouy lapousier lor so manto, ti pe redesinn so lekor. Valer imobilie ti pe degrengole. Resesion ti fann so lapat ourit partou. Lekonomi formel ti kraze. Dan Danfour 'si ti ena difikilte me pa ti osi grav. De kiksoz pozitif ti pe ariv Danfour: premie dabor nouvo topografi ti vinn favorab parski aster ti ena enn lien direk ant li ek lamer; deziemman sistem debrouy-debrouye san tro stres kot dimoun ti pe okip lanatir ki ti pe okip dimoun olie dimoun fer dominer ar lanatir, ti permet devlopman enn sitiasion pa tro drastik. Malgre boukou lamor ek destriksion ti ena pou dimoun kreatif posibilite enn lekzistans pa tro difisil. Me lot kote, sitiasion dan Siti-Ini ti katastrofik. Koumadir lanatir ti ena enn kont pou regle e li ti regle li san pitie.

Kan bann zenn dan Danfour ti realize ki kantite Siti-Ini ti vilnerab zot ti fer bann lennding, devaliz bann magazen ek bann vila abandone ou andetres. Ti enposib anpes kao regne. Sekirite prive, lapolis, nanye pa ti pe marse. Kan li ti kler ki Siti-Ini ti pou fini kouma Pompei, bann dirizan ekonomik ek politik ti ris zot kales. Tou manier zot fortinn pa ti dan pei me dan bann labank lot kote dilo. Me dimoun klas mwayen ki ti pe manz dan katora barrka saheb ti oblize rod enn boue sovtaz anplas e zot ti koumans konpran nesesite solidarite ar dimoun dan difikilte pa parski zot ti vinn filantropik me parski li ti sel fason pou zot sap zot lavi.

– "To trouve Ratna, sa bann la zot pou rod ris dra lor zot".

– "Nek ena pou pa les zot rant dan KaviRam".

– "Pa kapav anpes zot. Zot kapav donn enn koudme. Pa bliye parmi zot ena dokter, enzenier, profeser, avoka … Nou bizen sa bann dimoun la".

– "Be Dario! Kouma pou anpes zot fer zot fanor?"

– "Peyna solision mirak. Bizen organiz bann planter, elver, artizan, peser dan bann korperativ kot zot ki kontrole. Nou bizen bien vizilan. Sirtou bizen pa refer mem erer ki avan: nek pans plen pos".

Ti pou ena pou rekonstrir enn abitat pou plizier milie

dimoun ar resours limite. Enn extra gran defi! Pa ti ena alternativ. Bann pei ek rezion ki ti kapav ed nou ti pli dan pens ki nou. Nou ti ena pou depann lor nou prop lafors. Bala ti kontan dir ki nou ti kont sanzman radikal. Sanzman ti akseptab zis si li ti al dan mem direksion ki avan. Me aster sanzman andeor nou kontrol ti obliz nou sanz nou oryantasion. Ti bizen envant lavenir, redesinn kontour nouvo dime.

Nou tou nou ti dan lenpas. Eski flanbwayan ti pou fleri sa lane la?

Publication History
of Dev Virahsawmy's
Literary Works, 1972–2012

*This publication history excludes Virahsawmy's non-literary writings, though some, such as *Testaman enn Metchiss*, are included because they comprise both literary and non-literary material. Excluded also are all publications in newspapers, whether literary or not.

*Because of the changing orthography of Mauritian Creole, words are often spelled differently when reissued or reprinted, e.g. Virahsawmy's own publishing house, rendered variously Boukié Banané, Boukie Banane and Bukie Banane.

*Although Virahsawmy (and I) prefer 'Morisien' to 'Mauritian Creole', I use the latter in this bibliography.

*In some instances, I have been unable to ascertain or verify exact paginations.

*In numerous instances, Virahsawmy has revised his works. Readers and scholars are encouraged to consult his online archives to determine when and where this has been the case.

*When a work is listed as 'Online' but no details are provided, it can be found at either <www.boukiebanane. orange.mu/> or <www.dev-virahsawmy.org/>. Virahsawmy has also signed an agreement with the National Library in Mauritius, allowing them to publish his complete works online for free and open access.

*A boldfaced title signals the first publication of a work.

***

Earlier bibliographies of Virahsawmy's work include:

2009
www.lehman.cuny.edu/ile.en.ile/paroles/virahsawmy.
html/. Site maintained by Thomas Spear. (Accessed October 23, 2011.)

2003
Toorawa, Shawkat M. 'Virahsawmy, Dev'. In *Reference Guide to World Literature*³, vol. 2: *Authors*, pp. 1068-69. Edited by Sara and Tom Pendergast. Detroit: St James Press, 2003.

1993
Joubert, Jean-Louis and Monique Hugon. "Bibliographie: Littérature en Créole." In *Notre Librairie* 114: 186–187.

***

1977

[Play] *Li* [written in prison, **1972**]. Preface in French by Dan Callikan. Rose Hill: MMMSP, 1977. 30 pages.

[Poetry] *Disik salé* [written in prison, 1972, except "Simé La Li Biê-Biê Long"]. Preface in French by Dan Callikan. Rose Hill: MMMSP, 1977. 32 pages. Bukié Banané, 1977, 2nd edition. Preface in Mauritian Creole by Dev Virahsawmy and Preface in French by Dan Callikan. 40 pages.

Ti Fanfan, 6–10. Lespri bom napa lespri zom, 11–13. Krwazer Merikê, 14–16. Pitê! Ayo, Ên Vilê Mo, 17–19. Dokter Pu Vini Zordi, 20–23. Ramdas ek Guna Inevitab?, 24–28. Tamtam, Gitar ek Sitar, 29–32. Pu K. M., 33–38. Simé La Li Biê-Bié Long, 39–40.

[Poetry] *Lafime dâ lizie*. Rose Hill: MMMSP, 1977 [written in 1976], 10 pages.

1979

[Poetry] *Lès lapo kabri gazuyé* [written in 1977–78]. Trilingual edition: Mauritian Creole, French, Reunionese Creole. Preface in French by Dev Virahsawmy. Rose-Hill: Bukié Banané. 86 pages.

Tôtô Tôtô, 13–14. Kaisé Belona, 17–18. Laba âvil dâ en salô, 21–22. Seki paret, 25–26. Misié Diktater, 29–31. lôganis, 35. tô tulsi, 37–38. yer, zordi, dimé, 41–42. li pa sap dâ lezer, 45–46. Balad Bay Abu, 49–50. wi ên ti pei mé ên grâ lavi, 53–54. O dek!, 58–59. *French:*

Tonton Tonton, 15–16. Kaisé Belona, 19–20. En ville dans un salon, 23–24. La Chanson des apparences, 27–28. Monsieur le dictateur, 32–34. Sorcier, 36. Tonton Toulsi, 39–40. Hier, aujourd'hui, demain, 43–44. Il n'est pas dans les airs, 47–48. La balade de Bay Abou, 51–52. Oui un petit pays mais un grand destin, 55–56. O Dek, 59–60. *Reunionese Creole*: Tonton Tonton, 63–64. Kaisé belona, 65–66. Laba anvil dann in salon, 67–68. Sek i pare, 69–70. Misié Diktatèr, 71–73. Gratèr-ti-boi, 74. TontonToulsi, 75–76. Yer Zordi Domin, 77–78. Li lé pa dan lézer, 79–80. Bay Abou, 81–82. Oui inn ti péi mé in gran destin, 83–84. O Dek!, 85–86.

{*French and Reunionese Creole Translation*} *Lafime dâ lizie* / *Fimé dann zié* / *Fumées dans les yeux*. Trilingual edition. French translation by Jean-Claude Carpanin Marimoutou, Reunionese Creole translation by Firmin Lacpatia. St-Denis, La Réunion: Les Chemins de la Liberté, 1979. 45 pages.

[Play] **Bef dâ disab: pies â de ak**. Rose Hill: Edisiô MMMSP, 1979. 15 pages.

Bef dâ disab: pies â de ak. Rose Hill: Boukie Banane, 1979. 39 pages.

{*French and Reunionese Creole Translation*} *Li*. Trilingual edition: Mauritian Creole [3–52], French translation by Jean-Claude Carpanin Marimoutou [55–108], Reunionese Creole translation by Firmin Lacpatia [111–163]. Saint-Denis: Les Chemins de la Liberté, 1979. 164 pages.

1980

[Play] *Linconsing finalay: pies â III ak.* Rose Hill: Edisiô Bukié Banané, 1980. 97 pages.

[Play] *Trazedi Sir Kutta-Gram: ên badinaz futâ.* Rose Hill: Bukié Banané, 1980. 41 pages.

[Musical comedy] *Zozo Mayok.* Rose-Hill: Bukié Banané, 1980. 27 pages.

{French and Reunionese Creole Translation} Bef dâ disab. Trilingual edition: Mauritian Creole, 3–37. "Chacun pour soi," French translation by Carpanin Marimoutou, 39–65. "Bèf Dann Sab," Reunionese Creole translation by Firmin Lacpatia, 67–92. Rose Hill: Bukié Banané; Saint-Denis: Les Chemins de la Liberté, 1980. 92 pages.

{French and Reunionese Creole Translation} Lès lapo kabri gazuyé. Trilingual edition: Mauritian Creole, French, and Reunionese Creole. Preface in French by Dev Virahsawmy. Saint-Denis, La Réunion: Les Chemins de la Liberté, 1980 [Mouvement culturel réunionnais]. 86 pages.

[Poetry and recording] *Trip séré lagorz amaré.* Rose Hill: Edisiô Bukié Banané, 1980. 19 pages + 1 cassette.

{French and Reunionese Creole Translation} Trip séré lagorz amaré . Trilingual edition: Mauritian Creole, French, Reunionese Creole. Saint-Denis: Mouvement

culturel réunionnais, 1980. 56 pages.

[Play] **Basdeo Inosâ** [1977]. In *Mo Rapel*, 1–16. Preface in Mauritian Creole by Dev Virahsamwy. Rose Hill: Bukié Banané, 1980.

[Poetry] **Mo Rapel**. Preface in Mauritian Creole by Dev Virahsamwy. Rose Hill: Bukié Banané, 1980. 54 pages.

[Basdeo Inosâ, 1–16]. Bar kot ulé bare, 17–18 [written in prison, 1971]. Siklon Ut, 19–20 [written in prison, 1971]. Tu Korek, 21–23 [written in prison, 1972]. Limazinasiô, 24–27 [1972]. Mo saret tas dâ labu, 28–29 [1973]. Nu va été, 30 [1973]. Lerla larm li kulé, 31–32 [1973]. Lênternasional, 33–35 [1977]. Âsam zordi, dime nô, 36–37 [1977]. Bizê atan li mir, 38–39 [1977]. Samem nu lalwa, 40–41 [1977]. Duniya li pé sâzé, 42–45 [1977]. Chiniraja, 46–48 [1979]. Difé dâ kam, 49–51 [1979]. Poêm pu fet mama, 52–54 [1980].

[Play] **Zeneral Makbef: pies â III ak.** Preface in English by Shiva Sidaya. Rose Hill: Bukié Banané, 1980. 76 pages.

1981
[Poetry] **Lôbraz Lavi (soley feneâ).** Preface in French by Jaynarain Meetoo. Rose Hill: Bukié Banané, 1981. 53 pages.

Kosmar, 9–10. Môtagn Morn, 11–13. Zardê Sumarê, 15–16. Etrâzé mo frer, 17–18. Oksizê matinal, 19.

Dilé dâ bwat, 21–22. Pu Anushka, 23–24. Lôbraz Lavi
(I), 25–26. Lôbraz Lavi (II), 27–28. Lôbraz Lavi (III),
29–41. Lachimi dâ lekiri..., 43–44. Soley Feneâ, 45.
Tukorek ek Lydifisil, 47–50. Katarak, 51–53.

[Play] *Zozo Mayok*. In Alain Gili, *Cahier d'un retour
au pays natal en hommage à Aimé Césaire et à Sarah
Maldoror*. St-Denis: ADER, 1981.

Zozo Mâyok: ên komedi mizikal pu zâfâ morisiê. Rose
Hill: Bukié Banané, 1981. 27 pages.

1982
[Operatic poem] **Dropadi: teks pu ên trazi-komedi
mizikal bazé lor Mahabharata**. Rose Hill: Bukié
Banané, 1982. 86 pages.

{English translation} Li / The Prisoner of Conscience.
Bilingual edition: English translation by Ramesh
Ramdoyal, 40–76. Moka: Editions de l'Océan Indien,
1982. 76 pages.

1983
[Play] **Dokter Nipat: pies â III ak**. French preface by
Daniel Baggioni. Port-Louis: Bukié Banané, 1983. 122
pages.

[Play] **Tâtin Madok: pies ên trwa ak**. Rose-Hill: Bukié
Banané, 1983. 20 pages.

[Translation/Adaptation] (with Gérard Sullivan) *Zozef ek*

so palto larkansiel: comédie musicale ["Joseph and the
Amazing Technicolor Dreamcoat"], 1983. 20 leaves.
Unpublished.

1984
[Teleplay] *Krishna.* Rose Hill, 1984. 13 leaves.
Unpublished.

[Musical comedy] *Zistwar Bisma: Komedi mizikal pu
zâfâ.* 1984. 20 leaves. Unpublished.

[Poetry] In Vinesh Hookoomsing, "Langue créole,
littérature nationale et mauricianisme populaire", in
*Anthologie de la nouvelle poésie creole: Caraïbe, Océan
indien: Koute pou tann! Akout pou tande!,* 377–403.
Coordinated by Lambert Félix Prudent with the
collaboration of Maximilien Laroche et al. Paris:
Editions Caribéennes; Niamey: ACCT, 1984:

Lasurs, 405. O dek!, 407. Trip sere lagorz amare
[extract], 409. Mo saret fin tas dan labu, 411. *Translated
into French by Vinesh Hookoomsing as:* La Source,
404. O regard!, 406. [Untitled], 408. Ma charette s'est
embourbée, 410.

1985
[Play] **Profeser Madli: pies â III ak** [1984]. Rose Hill:
[n.p], 1985. 39 pages.

[Operatic poem] *The Walls (An Operatic Poem).* Preface
in English by Jagadish Manrakhan. Rose Hill: [printed

at the University of Mauritius], 1985. 20 pages.

[Play] *ABS Lemanifik: ên fâtezi â III ak*. Preface in
French by Daniel Baggioni. Rose Hill: Bukié Banané,
1985. 64 pages.

1986

[Poetry] *Nwar, Nwar, Nwar, do Mama*. Rose Hill: Bukié
Banané, 1986. 29 pages.

Dâ lamar mo memwar, 1–2. Dôkisot 2000, 3. Maro
Gonaz, 4. So grâ lafwa, 5. Odisé Lerwa Oberô, 6–7. Zot
Palé Twa…, 8–9. Zis Twa ek mwa…, 10. Thinking is
sinking, 11. Tizâ, 12. Marokê, 13. Balad Komet Halley,
14. Galileo Gonaz, 15. Petrus, 16. Musana, 17–18.
Chacha Lall, 19–20. Lalâp later, 21. Mirak Divali, 22.
Kâ u grâ, 23. Sak sezô ena so fri, 24–25. Pu Loga, 26–
29.

1987

[Play] *Linconsing Finalay*. Paris: Radio-France
internationale, 1980. 90 pages.

1991

[Play] *Toufann: enn fantezi entrwa ak*. Rose Hill: Boukié
Banané, 1991. 24 pages.
[Poetry] *Lalang peyna lezo*. Rose Hill: [D.
Virahsawmy], 1991. 56 pages.

Prefass, 5. Prolog, 6. Si…, 7. Motchi bizen, 7. Si enn

zour, 8. So ven-tan, 9. Geri to mofinn, 9. Diya, 10. Mango, 10. Enn od pou nou sega, 11. Mo pei, 12. Lil far, 12. Shakti O Shakti, 13. Kaskad endjiferanss, 13. François Villon, 14. Karay vid, 15. Sovsouri vs Zoyon, 16. Laliann leng, 16. Lougarou papiemase, 17. Anvi anvi, 17. Porlwi pelmel, 18. Karya, 18. Balad enn malad, 19. Granbe, 19. Rev pe retresi, 20. Lasann enn rev, 20. Get-get get gete, 21. Me get lao papa, 21. Prozekter (I), 22. Prozekter (II), 22. Prozekter (III), 23. Twa ki twa? (I), 24. Twa ki twa? (II), 25. Mwa ek lotla, 26. Konn servi to veren, 27. Sipek, 27. Mo pie mang, 28. Viv liv!, 29. Kot mwa, 30–31. Lasesress, 32–33. Sa ki'apel lasanss!, 34. Pa djir mwa!, 35. Lot kote barlizour, 36. Statchif, 37. Intranzitchif fitchir, 37. Do, 38. Marisia, 39. Toufann, 40. Baprrebap!, 41. Poor Tom's a-cold, 42–43. Verze tchalta, 43. Lapriyer, 44–45. Repiblik barik vid, 46–47. Rekomandasion To whom it may concern, 48. Maryaz deranze, 49–50. Miouzikal tcher, 51–52. Sir Leo Karne, 53–54. De dan enn, 55. Epilog: Fiat lux, 56.

[Poetry] *Kaysé Ba*. Rose Hill: Boukié Banané, 1991. 50 pages.

1992
In *African Radio Narrations and Plays*, 128–138. Compiled and edited by Wolfram Frommlet. Baden-Baden: Nomos Verlagsgesellschaft, 1992 (DWAZ publication no. 9):

[Operatic Poem] *The Walls: an operatic poem*, 128–138.

[Play] *Tâtin Madok*, 273–293.

1993

[Translation/adaptation] *"Tartif Froder"* (extract from "Tartuffe, ou l'Imposteur"). In *Notre Librairie* 114 (1993): 118.

1995

[Translation/Adaptation] **Enn Ta Senn Dan Vid** ("Much Ado About Nothing") [serialized in 1994]. Preface in Mauritian Creole by Lindsey Collen. Port-Louis: Ledikasyon pu Travayer, 1995. 79 pages.

[Translation/Adaptation] **Trazedji Makbess** ["Macbeth"]. Preface in Mauritian Creole by Lindsey Collen. Port-Louis: Ledikasyon pu Travayer, 1995. 79 pages.

1996

[Play] **Galileo Gonaz: Piess an trwa ak**. Port-Louis: Ledikasyon pu Travayer, 1996. 74 pages.

[Play] **Hamlet 2**. Rose Hill: Boukié Banané, 1996. Online. <http://www.dev-virahsawmy.org/ polankteatHam2.html>

[Play] **Dokter Hamlet**. In *Maurice: Demain et Après/ Beyond Tomorrow/Aprédimé*, 227–245. Edited by Barlen Pyamootoo and Rama Poonoosamy. Port-Louis: Immedia, 1996.

[Poetry] **Petal ek pikan Parsi-Parla**. Port-Louis:

Ledikasyon pu Travayer, 1996. 45 pages.

[37 untitled pieces]

1997
[Poetry] ***Latchizann pou letan lapli***. Port-Louis:
Ledikasyon pu Travayer, 1997. 84 pages.

Part 1, **Spekilasion (lot koté 2000)**: Lenfini, 8. Tchi-
Prensess, 9. Lanvèr-landrwat, 10. Globaz san Baz, 11.
Mesaz dan boutey, 12. Lamour?, 13. Lot koté 2000, 14.
Fit to kreyon…, 15. Sité ouvriyèr, 16. Ban oustad…, 17.
Labitchid, 18. Lotri, 19. Esperannto silvouplé, 20. Kan
bizen alé, 21. Si bondjé tchi enn fam?, 22. Mo tchi gagn
pèr, 23. Beatriss-Shakti, 24. Zezi finn mor dan vid?, 25.
Karya prezizé, 26. Zanfan, 27. Linivèr tournn anron,
28.

Part 2, **Tchi-Bout**: Tchi-Bout, 30, Kouk! ala mo la!,
31. Tchanda-mama, 31. Mersi mama, 32. Rakont enn
zistwar, 32. Bonom Nwel, 33. Ki kalité, 34. Sèr mwa
bien for, 35. Banané, 35. Lakaz zouzou, 36. Aswar fèr
nwar, 36. Tansion zanfan, 37–40. Bonaniversèr, 41.
Kass-kass nikola, 42. Mo pié zanblon, 43–46. Djilé
dan bwat, 46. Pou Anoushka, 47. Enn bouké larkansiel,
48–49.

Part 3, **Thanatos Lor Baz**: Thanatos Lor Baz, 52–61.

Part 4, **Rakont mwa enn zistwar, Tonton Grimm!**:
Zistwar Tom Pouss, 64–71. Hansel ek Gretel, 72–76.

Prenss-Krapo, 77–80.

Part 5, Avantchir Tchi-Bout: Dan Bor Lamèr, 82. Lakaz Zouzou, 83–84.

[Play] **Mamzel Zann**. In *au nom de l'Amour / for the sake of Love / parski kontan*. Edited by Rama Poonoosamy, 293–346. Port-Louis: Immedia, 1997.

1998
[Play] **Sir Toby**. Port Louis: Ledikasyon pu Travayer, 1998. 93 pages.

[Musical] *Les Misérables* (with Gérard Sullivan). Libretto, 1998. Unpublished.

1999
[Translation/Adaptation] **Zil Sezar** ["Julius Caesar"]. Port Louis: Educational Production Ltd, 1999. 79 pages.

[Translation/Adaptation] **Tartif Froder** ["Tartuffe, ou l'imposteur"]. Port Louis: Educational Production Ltd, 1999. 86 pages.

[Poetry & stories] **Enn diya dan divan**. Rose Hill: Boukié Banané, 1999. 107 pages.

[Poetry] **Larkansiel Kabose**, *3–50:* Nou Partou Me…, 4. Nou Ki Mari!, 5. Souiv Mo Lekzanp, 6. Vroum-Vroum, 7. Bes Latet Fonse, 8. Kanser, SIDA, Malarya,

9. Sivilizasion?, 10. Tras, 11. Solitid, 12. Retrete, 13. Zako Sagren, 14. Ankor Limem!, 15. Lampir Lor Peron, 16. Tonton Kont Sezon, 17. Dodo Baba…, 18. Vey Seke, 19. Tata Iranah, 20. Gouna, 21. Soif 1, 22. Soif 2, 23. Soif 3, 24. Soif 4, 25. Soif 5, 26. Soif 6, 27. Mask Fam–Fam Mask, 28. Dainn 1, 29. Dainn 2, 30. Dainn 3, 31. Granper Yap-Yap, Granmer Tchouptchap, 32. Sheherazade, 33. Komeraz1?, 34. Komeraz 2, 35. Maser Ann, 36. Kot Pou Kone? 1, 37. Kot Pou Kone? 2, 38. Zann, 39. Mo Beti, 40. … Leve Baba, 41. Ant So De Zorey, 42. Kont Feyaz, 43. Kokas Kokaz, 44. Petit-Poin-Alalign, 45. Fale Pa Mo Sap Lor Kal!, 46. Pa Rasis Sa!, 47. Eski Nou Sivilize?, 48. Mo Anvi Kriye, 49. Efase-Refer, 50.

Lantrak (enn ti-zafer anplis): Ou, Ki Ou Dir?, 51–56

[Poetry] **Labouzi dan Labriz,** *57–87:* Enn Bon Tifi, 58. Enn Felonn Sa, 59. Mexinn SIDA, 60. Ki Pli Zoli, 61. Personel Pou Tou, 62. Done Vs Pran, 63. Ki Res Pou Fer?, 64. Enn Ti Petal Blan Mo Nal, 65. Intwision, 66. Enn Let Pou Bondie, 67. Dernie Ferlong, 68. Larenn Vashti, 69. Simi Lavi, 70. Isi, Deryer, Divan, 71. Yer Pa Zordi, 72. Difisil Pa Imposib, 73. Lafontenn Ti Bliye Dir, 74. Ki Repiblik?, 75. Koz Vre, 76. Moïse, 77. Mea-Koulpa, 78. Shouut! Pa Koz Sa, 79. Kan Donn Nom, 80. Met Paryaz Ar Destin, 81. Nou Tou Kreol Isi, 82. Enn Ti-Reset, 84. Enn Nisa Apar, 85. Lamour Atase/Lamour Detase, 86. Salam!, 87.

[Stories] **Baksis,** *88–102:* Enn Peser Ek so Madam, 89–

94. Zistoir Santekler ek Pertelot, 94–98. Sifon Marmit, 98–102.

[(with Patrick Fabien, Gérard Sullivan, Roger Cerveaux, Jean-Marc Boisssézon), Anex: Graphie Standard pour le Kreol, 103–107.]

[Poetry & Essays] **Testaman enn metchiss**. Port-Louis: Boukié Banané, 1999. 110 pages.

Prolog: Lapriyèr, 5 [poem]. (*Lor Kestchon Grafi, 9–13 [essay]*). Metchiss, 14–16 [poem]. (*Lor Gramèr Morisien, 17–22 [essay]*). Fiat Lux, 23 [poem]. (*Lor Vokabilèr Morisien, 25–28 [essay]*). Tamtam, Gitar ek Sitar, 28–30 [poem]. (*Lor Literesi, 31–33 [essay]*). Balad Tchi-Rajou, 34. (*Lor Tradjiksion, 35 [essay]*). [*Translations of poems:*] Od lor Melankoli [John Keats, "Ode on Melancholy"], 36. Laplaz Dover [Matthew Arnold, "Dover Beach"], 37–38. Ala Kouma Li Zoli [Lord Byron, "She Walks in Beauty"], 38. Pou Selia [Ben Johnson, "To Selia"], 39. Ozimanndjass [P. B. Shelley, "Ozymandias"], 40. Latèr ek Kayou [William Blake, "The Clod and the Pebble"], 40. Djireksion Lepor Bizantchiom [W. B. Yeats, "Sailing to Byzantium"], 41. Mo Dernié Madam [Robert Browning, "My Last Duchess"], 42–43. Romanss J. Alfred Prufrock [T. S. Eliot, "The Love Song of J. Afred Prufrock"], 44–48. (*Lor Standar Morisien, 49–50 [essay]*). Zistwar Enn Flèr, 50 [poem]. (*Lor Feminism ek Sivilizasion, 51 [essay]*). Lonbraz Lavi, 52–64 [poem]. (*Lor Proz Literèr, 65–66 [essay]*). Palto Djideor,

66–68 [short story]. Sakenn so program [short story], 69–71. Enn Lavwa dan aswar [short story], 72–75. Pa fasil [short story], 75–78. Aliass Mémé [short story], 79–81. Pil-Fass [short story], 81–84. Konfesion Sharam [short story], 85–87. Tanbav [short story], 87–90. So Boy [short story], 90–92. Dayri enn fouka [short story], 93–99. (*Lor Lamour, 101 [essay]*). *Twa ek Mwa, 101–106 [poems]*: Ven-tan, 102, Ena fwa, 102–103, Si enn Zour, 103–104, Zeness Anflèr, 104–105, Lalimièr, 105–106. Lor Patriotism: Mirak Divali [poem], 107, O Dek, 108. Epilog: Lasourss [poem], 109–110.

{English translation} Toufann: A Mauritian Fantasy. In an English version by Nisha and Michael Walling. London: Border Crossings, 1999. 55 pages. (Reprinted 2001, 2003.)

2000
[Translation/Adaptation] *Prens Hamlet* ["Hamlet"]. Rose Hill: Cygnature, 2000. CD-ROM.

[Translation/Adaptation] *Prens Krapo* ["The Frog Prince"]. Illustrations by Alain Ah-Vee. Curepipe: Federation of Pre-School Playgroups, 2000. 8 pages.

[Collection]. *Jericho*. Port Louis: Educational Production Ltd., 2000 (Kaye Literer 1). 125 pages. [Novella] *Jericho*, 5–34.

[Poetry-songs] *Jerikann*, 35–60: Jer-jeri-jerikann, 37. Gran Mazisien Prezidan, 38. Li Li Kone Li, 39. Letinsel,

40. Routinn San Passion, 41. Napas Bes Lebra, 42. Zoli Zanfan, 43–44. Ti La He!, 45–46. Mesaz Divali, 47. Pa Zis Dan Labib, 48. Kan Wi Ek No Do Bha, 49. Matlo, Mo Matlo!, 50. Barik Vid, Do Mam…, 51. Lalang Peyna Lezo, 52. Ti Kouto, 53. Si Lamer Ti Boui, 54. Kouchou-Kouchou, 55. Vire-Vire!, 56. Lindistri Kokin, 57. BonDie Mo BonDie, 58. Ala li grosie do mama!, 59. Mazanbron, 60.

[Poetry] *Koste Pli Pre*, 63–81: Koste Pli Pre, 63. Peyna Nanye Ki Pli Sinp, 64. To'le Kone Vre-Vre Mem?, 65. Zoum, 66. Zanfan Lafrik, 67. Zanfan Larkansiel, 68. Ki Li Dir?, 69. Seki Paret, 70. Pie Lila, 71. Sinplisite Dekonsertan, 72. Lamour Kiltive, 73. Tansion, Tansion Matlo!, 74. Global Pe Donn Bal, 75. Ibiskis Zean, 76. Reflexolozik-Mama, 77. Li Pa Laba, Li La, 78. Paz Desire…, 79. Tir Linet Pou Trouv Pli Kler, 80. Pa Pran Kont, Li Toktok!, 81

[Fables in verse] *Bon parol Misie Ezop*, 83–98: Lisien-Meg, 87. Sap Dan Karay, Tom Dan Dife, 88. Zes Touy Konesans, 89. Kan Fatra Rod Vinn Leroi, 90. Get Bien Avan To Sote, 91. Mask Ek Servo Lan, 92. Lisien Meg, Lisien Gra, 93. Rod fer Bourik Manz Lazle, 94. Mile Ek Daisy, 95. Kan Fouraye Perdi Kara, 96. Misie Chouchoundarr, 97. Planet Mesanste, 98.

[Play] *Li*, 99–125.

[Volume] (with Loga Virahsawmy) *Konpran Feminin*. Port Louis: Educational Production Ltd., 2000 (Kaye

Literer 2). 113 pages:

[Play] *Ti-Marie*. Pages 7–54.

[Poetry] *Lintelizans Yonik*. Pages 103–113:

Lintelizans Maskilin, 5–34. Feminin Pliryel, 105. Sizo-Froi Lafontenn, 106. Seve Dropadi, 107. Kan Soufrans Vinn Marsandiz, 108. May Dan Lak, 109. Parrrsadi, 110. Parrsadi, 111. Zot Finn Invant…, 112. Jamouna-Ganga Devi, 113.

2001
[Collection] (with Loga Virahsawmy) *morisien, zinnia, ziliet, ek lezot*. Port Louis: Educational Production Ltd., 2001 (Kaye Literer 3). 136 pages.

[Novella] *Jamouna-Ganga-Devi*, 39–66.

[Play] *Ziliet ek so Romeo*, 67–108.

[Poetry] *Pa Vre*, 109–111: Enn Gout Dilo Anpandan, 109. Sourir Tibaba, 109–110. Pikpik, 110. Dan Karo Brile, 110–11. Lasours Mo Lavi, 111.

{English translation} Playscript: *Toufann*. In an English version by Nisha and Michael Walling. In *African Theatre: Playwrights and Politics*, 217–254. Edited by Martin Banham, James Gibbs and Femi Osofisan. Oxford: James Currey; Indianapolis: Indiana University Press, 2001.

2002

[Poetry] *Balad Pou Lemon Malad.* Rose Hill: Boukié Banané, 2002. Online. <www.dev-virahsawmy.org/polankpoezi02-03.html#lemonnmalad>

Kaise Belona 2. Wi Enn Gran Pei. Odek 2. Bel-Bel Bala. Fixdepozit. Mo Ti Matlo. Globalcom. Mwa Ki Mwa. Zanzan San Nom. Rambo Misioner-Sover. Poul Vakabon, Poul Liberte. Gran Kalipa. De Tibout Dibwa. Serif Kosmik, Gablou Liniver. Li Pou, Li Pou... Labou Finn Brouye. Dalon-Doushmann-Dalon. Kado Bondie. Gravie Dan Mo Soulie.

[Poetry] *Dezakorde 14/28.* Rose Hill: Boukié Banané, 2002. Online. <www.dev-virahsawmy.org/polankpoezi02-03.html#dezakorde>

santimet dezakorde. istriyon istorik. manti. aret... lomdezes. deregle. korde. touf... mo ti kwar...

2003

[Short story] 'So Sembou'. Rose Hill: Boukié Banané, 2003. Online.

[Poetry] *Selebre Lamour.* Rose Hill: Boukié Banané, 2003. Online. <www.dev-virahsawmy.org/polankpoezi02-03.html#lamour>

Ti-Rajou 2. Dan Tavern. Mwa mo ti konn sa! Ti-mimi. Zanfan lor lakrwa. Tigabi. Destin sa? Likle Blak Boy. Saro. De Res De Dan Enn. Dan lavi partaze. Lamour

katalog. Balance-sheet Lamour. Balad San Patri. Li
Bizin Nou Kouma Nou Bizin Li.

[Poetry] *Fetdemor*. Rose Hill: Boukié Banané,
2003. Online. <www.dev-virahsawmy.org/
polankpoezi02-03.html#fetdemor_>

ansestralala. kan global donn lagal. dan simitier ki'ena
matier. morvivan. li ten so seve… reparasion. kreyon
kase. sold. li finn arive. plen pos. ayo letan lontan ayo.
enn lot kalite? lamor triyonfan. lavi apre lamor.

[Poetry] *Koza, Pa Zaza*. Rose Hill: Boukié Banané,
2003. Online. <www.dev-virahsawmy.org/
polankpoezi02-03.html#koza_pa_zaza>

kan kras anler. grat ledo maler. lalang peyna lezo.
letansa kabri manz salad. pa get zozo par so plim. lor
baton papay. enn ti petal rouz baba pa fer banane. grat
lamer pentir lesiel. kouma karapat dore. apre lamor,
latizann. ti-koson riy lagel so mama. dilo lor fey sonz.
fer roupi kare. si pa badinn, menot. pou enn serf, so
korn pa lour. manz banann dan de bout.

[Play collection] *4 Pies Teat*. Rose Hill: Boukié Banané,
2003. Online. 137 pages.
<www.boukiebanane.orange.mu/PDF4piesteat.pdf>

Bistop. 2–26.

Prezidan Otelo. 27–69.

Tabisman Lir, ou 'Fode Perdi Pou Gagne'. 70–122.

Dernie Vol. 123–36. (For print publication, see 2010 below)

[Poetry] *Poezi 02-03.* Rose Hill: Boukie Banane, 2003. Online <www.dev-virahsawmy.org/polankpoezi02-03.html>

[*Balad pou Lemonn Malad. Selebre Lamour. Koste Pli Pre. Dezakorde. Lespri Yonik. Fetdemor. Koza Pa Zaza.*

2004

[Translation/Adaptation] *Hamlet.* Rose Hill: Boukie Banane, 2004. 129 pages.

[Translation/Adaptation] *Ti-Pier Dezorder (Der Struwwelpeter).* Original by Heinrich Hoffman. English by Mark Twain. Vacoas: Editions Le Printemps, 2004.

{French translation} *Toufann: une fantaisie en trois actes.* Translated by Dominique Tranquille. Afterword by Françoise Lionnet. Port Louis: Educational Production Ltd., 2004. 110 pages.

{Japanese translation} "Li and Five Poems by Dev Virahsawmy." Translated into Japanese by Rie Koike. *Bulletin of Fuji Tokoha University* 4 (2004): 105-144.

[Poetry] *Dan Danbwa Ena Dibwa.* Rose Hill: Boukie Banane, 2004. Online.

<dev-virahsawmy.org/polankpoezi04.html>

Be ki zot'le? Ki Rasinn? Grandimoun ti dir. Deryer miray. Viezennzan. Toukorek. Koz parol. Zame fini. Lot kote barlizour. Dan danbwa. Limit. Dan pei rev. Ki pou reste. Yin-yang. Deziem sans. Dimen 40 an. Nouvo parol poetik. Detrwa ti silab. Li'nn fini vini. Ki mo bizen? To'nn dir 'posterite'? Rwayom palab. Get ar de lizie. pourtan zezi… dan done ki'ena? li finn vann so nam. mo'nn fane? labarb senn. efase-refer. larout defonse. li'pale tande. maya partou. envant larou. miray grene. roupi kare. oustad siperlatif. Refer edenn. li ek mwa. vilen tikanar. galoupe-tonbe. ki pe arive? kan boukliye tonbe. kikfwa mo sans. sak pikan ena so petal. Sak pikan ena so petal ii. lamour sakre. yoni ek linga. lalians. plis ki tomem. adorasion.

2005

[Poetry] "Tamtam, Gitar ek Sitar". In *Revi Kiltir Kreol* 5 (2005), 61–62.

[Poetry] "Karay So". In *Revi Kiltir Kreol* 5 (2005), 62.

[Poetry] *Ler ek Lagam Mazik.* Rose Hill: Boukie Banane, 2005. Online. <dev-virahsawmy.org/ polankpoezi05.html>

Zanfan Prevok. Pa Per Piti. Zozefinn, Devi ek Bibi. Mo Fanfan. Mis ek Sir. Shoba Devi. Zanfan Ti-Rajou. So Papa, So Mama. Paradi Dan Rev. Ki Dimoun Pou Dir? Ki Model Pou Swiv? Twa, Ki To Rol? Spesialis Brons ek Dokter Lapo. Ala Parey Revini. Kleomatari. Liberte. Chorr. Sir Koutatilespri. Zarde Balfour. Konsome. Bliye Mwa, Mo Latet Pa Bon. Monper Finn Dir. Komers Libere. Enn Zoli Dilo. Lamour Lapriyer. Sandya. Romans? Lasours Lamour.

2006

[Translation/Adaptation] *Zistwar Ti-Prens* ["Le Petit Prince"]. Drawings by Antoine de Saint-Exupéry. Neckarsteinach: Ed. Tintenfaß, 2006. 93 pages.

[Translation/Adaptation] *Lerwa Lir* ["King Lear"]. Online, 2006. <www.boukiebanane.orange.mu/ PDFlerwalir.pdf> 118 pages.

2007

[Novella collection] *5 Novela*. Rose Hill: Boukie Banane, 2007. Online. <www.boukiebanane.orange. mu/PDF5novela.pdf> 116 pages.

Jericho. 2–22. *Jamouna, Ganga, Devi*. 23–40. *Tantinn Timi*. 41–65. *Prensens Prathna* [completed 2002]. 66–92. *Lenpas Flanbwayan*. 93–115.

[Poetry] *Grafiti Literer Morisien 1*. Rose Hill: Boukie Banane, 2007. Online <dev-virahsawmy.org/ polankgrafiti1.html>

Tilae! Etae! Foutou! Baprrebap! Ki To Kwar? Ambalao. Remed. Lake. Kifer? Tamasa. Regar Kabose. Lavi Kotomidor! Pa Plore. Mamon King.

Molok. Kavern Alibaba. Pardone? Disip Zezi. Swik
Bon Lekzanp. Ala Fasil La! Deranze. Lagazet. Liberte.
Lape? Pardon. Lazistis. Lamour. Devlopman.
Lapriyer. Enn Bon Kout Plim. Li Enn Rasis Li? Mwa
Ki Mwa? Parski. Kapav Sa? Zavari. Enn Ideal.

[Poetry] *Grafiti Literer Morisien 2*. Rose Hill: Boukie
Banane, 2007. Online <dev-virahsawmy.org/
polankgrafiti2.html>

sonet demiporsion: Prolog. 2,000,000 Lane. Ki Pou
Fer? Parol Profetik! Aster Ki Pou Fer? Reskape Kiltir
Avan. Dan Nouvo Savann. Ete Ousa Ena? Sanz Gete.
Nouvo Sivlizasion. Diversite. Kifer? Lot Manier.
Mono. Maxi. Imen-Zwazo. Imen-Zwazo Migrater.
Zezi, Gandhi ek Shakti.

[Stories] *19 Tizistwar*. Rose Hill: Boukie Banane, 2007.
Online <www/ boukiebanane.orange.mu/PDFtizistwar.
pdf> 55 pages.

So Boy, 2–3. Tanbav, 4–5. Palto Dideor, 6–7. Avantir
Tibout, 8. Ou Ki Ou Dir?, 9–11. Medavi/Pa Fasil!, 12–
13. Konfesion Sharam, 14–15. Bourrbak ek Renar, 16–
17. Fennsifer, 18–19. So Sembou, 20–21. Lantonwar,
22–25. Dokter Kalipalend, 26–29. Manilall Kalipa,
30–35. Pil-Fas, 36–37. Satya, 38–44. Enn Lavwa Dan
Asoir, 45–46. Alias Meme, 47–48. Dayri Enn Fouka,
49–52. Sakenn So Program, 53–54.

[Translation/Adaptation] *Max ek Moris. Kouma Max ek*

Moris Ti Zwenn Tase (ou "Pa Toulezour Fet Zako").
[*Max und Moritz (polyglot)* by Wilhelm Busch]. Rose
Hill: Boukie Banane, 2007. Online.

[Translation/Adaptation/Retelling] *Lafontenn To Dir:*
Detrwa Fab Jean de la Fontaine. Rose Hill: Boukie
Banane, 2007. Online.

"Zistwar Sigal ek Fourmi". "Zistwar Korbo ek Renar".
"Zistwar De Bourik". "Zistwar Loulou ek Sienlou".
"Zistwar Loulou Ek Annyo"

[Collection] *Koridor Dan Babel: Depi Ezop Ziska Eliot.*
Rose Hill: Boukie Banane, 2007. Online. <www.
boukiebanane.orange.mu/PDFkoridor.pdf> 111 pages.

[Retelling] *Zistwar-Fab Tonton Ezop, 2–20* : Zistwar
Fourmi ek Karanbol, 2. Lera Lavil ek Lera Bitasion, 3.
Mwano ek Pan, 4. Pake Dibwa, 5. Poul Dizef Lor, 6.
Rasel ek so Bidon Dile, 7. Zistwar Sat ek Lera, 8. Vre
Kamarad, Fos Kamarad, 9. Yev ek Krapo, 10. Zistwar
Krapo ek Bef,11–12. Zistwar Latet Kokom, 13. Zistwar
Lion ek Saser. 14. Zistwar Lion ek Souri, 15–16.
Zistwar Serf ek Saser, 17. Zistwar Sovsouri, 18. Zistwar
Yev ek Bourik, 19. Zistwar Yev ek Torti, 20.

[Translation/adaptation] *Rakont Enn Zistwar Tonton*
Grimm, 21–59: Hansel ek Gretel, 21. Prins-Krapo,
24–25. Enn Peser ek so Madam, 26–30. Zistwar Tom
Pous, 31–35. Zistwar Santekler ek Pertelot, 36–39.
Sifon Marmit, 40–42. Zistwar Douz Apot, 43. Kan

Sat ek Lera Vin Partner, 44. Mesaze Lamor, 45–46.
Mari Pares, 47. Zoli Prensens Anveyez, 48. Lamor
Lakesoungwa, 49–50. Masinnakoud, Metie ek Zegwi,
51–52. Longer Lavi, 53. Enn Kado Special, 54–55.
Planter Legim ek Satan, 56–59.

[Retelling] *Rakont Enn Zistwar Tonton Hans*, 60–64:
Miniminitififi, 60–64.

[Translation/adaptation] *Lafontenn Ti Dir: Detrwa
Fab Jean de la Fontaine*, 65–59: Zistwar Sigal ek
Fourmi, 65. Zistwar Korbo ek Renar, 66. Zistwar De
Bourik, 67. Zistwar Loulou ek Sienlou, 68. Zistwar
Loulou Ek Annyo, 69.

[Translation/adaptation] *Detrwa Sante Inosans ek
Experyans*, 70–80: Detrwa Sante Inosans: Agno
Kotone, 70. Ti Garson Perdi, 70–71. Ti Garson
Retrouve, 71. Dodo Baba, 71–72. Portre Bondie, 72.
Aswar, 72–73. Lor Soufrans Lotla, 74. Detrwa Sante
Experyans: Zedi Sen, 75. Ti Tifi Perdi, 75–78. Roz
Malad, 78. Tig, 78. Zarden Lamour, 79. Tivakabon, 79.
Lond, 79–80.

[Translation/adaptation] *Kanjid par Voltaire*, 81–94: (5
premie sapit), 81–87.

[Translation/adaptation] *Franz Kafka, Metamorfoz*,
88–94.
[Translation/adaptation] *T. S. Eliot ek Lezot*, 95–110:
Romans J. Alfred Prufrock (T. S. Eliot, "The Love

Song of J. Afred Prufrock"), 95–98. Zafer Fami
(Jacques Prévert, "Familiale"), 99. Pa Perdi Letan
(Robert Herrick, "To the Virgins"), 100. Enn Plot
Later ek Enn Kayou (William Blake, "The Clod and
the Pebble"), 101. Od lor Melankoli (John Keats,
"Ode on Melancholy"), 102. Laplaz Dover (Matthew
Arnold, "Dover Beach"), 103. Ala Kouma Li Zoli (Lord
Byron, "She Walks in Beauty"), 104. Pou Selia (Ben
Johnson, "To Selia"), 105. Ozimannjas (P. B. Shelley,
"Ozymandias"), 106. Direksion Lepor Bizantiom (W. B.
Yeats, "Sailing to Byzantium"), 107. Mo Dernie Madam
(Robert Browning, "My Last Duchess"), 108–109.
Sonet XVIII (William Shakespeare, Sonnet 18), 110.

2008
[Collected works] *Demisiek dan polank*. Rose Hill:
Cygnature, 2008. 30 vols. CD-ROM.

Teat. Poezi. Grafiti Literatir Morisien 1. Grafiti Literatir
Morisien 2. Tizistwar 1. Tizistwar 2. Novela 1: Jericho.
Novela 2: Jamouna Ganga Devi. Novela 3: Tantinn
Timi. Novela 4: Prensens Prathna. Novela 5: Lenpas
Flanbwayan. Roman: Swiv Larout Ziska. Tradiksion.
Novela Teatral: Armagedonn. Meni Varye 1: Pli Kantik
ki Kantik. Meni Varye 2: Lamour dan Maryaz. Meni
Varye 3: Detrwa Tibadinaz. Meni Varye 4: Detrwa Ti
Lartik. Meni Varye 5: Drwa Konstitisionel. Meni Varye
6: Tizistwar pou Lekran. [Lor Dev]. [Anex 1: Aprann
Morisien]. Anex 2: Zozo Mayok. Anex 3: Chanda Mama
[Collection] *Meni Varye*. 2008. Online. <www.
boukiebanane.orange.mu/PDFmenivarye.pdf>"

[Novella] *Maha-Armagedonn (Novela Teatral an Esayaz)*, 2–20.

[Collection] **Vignet, Kameo ek Lezot Badinaz** *[Prose pieces except where indicated]*, 21–33:

Lamor Enn Zean, 21. Barlizour, 22. 'Déjà Vu', 22. Annyo Kotone Toukouler, 23. Absoliman!, 23–24. Dimiel Amer, 24–26. Histrionix Kalipax, 26–27. Ti-Fanggas, 27–28 [poem]. Saser Fatige, 28–29. Bouton Zenes [poem], 29. Ti-Bout 4 An Pli Tar, 28. Enn Let pou Saint-Exupery, 29–30. Tou Pe Tom Pouf, 30–31. Kan Nou Pou Konpran?, 31–32. Fer Vadire, 32–33. Aster Nou Tou Ere!, 33.

[Translation/adaptation] *Pli Kantik ki Kantik, 35–54:*

Pli Kantik ki Kantik, 35–39.

Lamour Bhakti ek Soufi, 39–48 (10 pieces inspired by Tukaram, 39–45; 1 by Kabir, 45; 1 by Surdas, 45–46; 1 by Ibn ul-Arabi, 46–47; 1 by Yunus Emre, 47–48; 1 by Dhul-Nun al-Misri, 48).

Lamor Enn Profeser ek Lezot (Abesede–Enn Topet Admirasion–Ki Pe Arive?–Pa Dir Mwa To Dakor?–Vremem Sa?–Komie?–Mazisien-Artis?–Lamoure ek Pardon–Lamour Mo Lamour), 49–54
[Stories] *Tizistwar pou Lekran, 55–81:*
Izak ek Izwa, 55–64. **Tartif Manti**, 65–71. **Preferans Dam**, 72–81

[Songs] *Bann Sante Marriage Encounter an Morisien,*
82–90

Aldonza, 82–83. To Pa Amenn Fler Pou Mwa Aster,
83–84. Doulsinea, 84–85. Akoz to Lamour, 85–86. Si
Dime Aret Vini, 86–87. Rev Enn Rev Inposib, 87–88.
To Ranpli Mo Lavi, 88. Pa Ekziste Enn Lot Ki Twa,
88–89. Kot Twa To Ale, 89–90.

[Novel] *Swiv Larout Ziska...* Rose Hill: Boukié Banané,
2008 [online 2002]. 102 pages.

[Poetry] In *40 poet enn rekey*. Port Louis: Ledikasyon Pu
Travayer, 2008:

"Si to pa kontan fer sanblan tu korek" [= "Sonet 14"
in *Petal ek Pikan, Parsi Parla*, 1996, and in *Zwazo
Samarel*, 2008], 77.

"Tchanda-mama" [= "Chanda Mama" in *Latizann pu
Letan Lapli*, 1997], 77–78.

[Musical opera] **Rekiem. Tex pou enn opera-gospel/
negro-spiritiel, ou Afropera-Rekiem.** Text by Dev
Virahsawmy. Music by Gerald Grenade. (Production
in collaboration with Gérard Telot, Gérard Sullivan,
Marie-Annick Savripène, Filip Fanchette, Alain
Romaine, Roger Cerveaux, Loga Virahsawmy, Alex
Maca, Anushka Virahsawmy, Jocelyn Grégoire, Mario
Poisson, Menwar, & Eric Triton). Rose Hill: Boukie
Banane, 2008. Online. <www.boukiebanane.orange.

mu/PDFsemansandeorkaro>, 20–40.

[Operatic play] **Kan Virzini Zwenn So Tipol.**
2008. Online. <www.boukiebanane.orange.mu/
PDFsemansandeorkaro>, 41–74.

[Translation] 'Im Nasional an Morisien' [Mauritius
National Anthem]. Rose Hill: Boukie Banane, 2008.
Online. <www.dev-virahsawmy.org/polankimnatmo>

[Translation] 'Magnifikat' [Magnificat]. Rose Hill:
Boukie Banane, 2008. Online. <www.dev-virahsawmy.
org/polankmamabondie.html>

[Poetry] **Nou Kwar Nou Kone: poem 2008.** Rose Hill:
Boukie Banane, 2008. 24 pages.

(25 poems) Kan Li Vini San Panse, 3. Fer Fer, Les Fer,
4. Sirman Mo Enn Pagla!, 5–6. Bourik Politikman
Korek, 6–8. Li Li Kone Li, 8–9. Nou Kwar Nou Kone,
9–10. Desten Ek Liberte, 10–11. Sak Lakrwaze So
Vodor, 11–12. Ki Pou Fer Gouna?, 12. Sezon Pikan,
Sezon Sab, 13. Konntou, 13–14. Peyna Sime Zegwi,
14–15. Ki Pou Kwar?, 15–16. Enn Ti Pwen Ranpli
Partou, 16. Dezord ek Liberte, 17. Kapav Si Nou'le,
17–18. Sa Enn La, 18. Kan Montagn Kasiet, 19. Andeor
Ti-Kare, 19–20. Maladi Finn Vinn Pinision, 20–21. Pou
Dani Filip. 21. Domi ek Maryo, 22. Nikola, Direnn,
Rama ek Hilda, 22–23. Lamour Responsab, 23. Liberte
Responsab, 24.

[Poetry selection] *En Bouke Larkansiel*. Rose Hill: Boukie Banane, 2008. Online. <www.boukiebanane. orange.mu/PDFboukelarkansiel.pdf> 68 pages.

Lasours, 2. Mirak Divali, 2–3. O Dek, 3–4. Poem Pou Fet Mama, 4. Balad Ti-Rajou, 5. Zistwar Enn Fler, 5–6. Enn Peser-Labourer, 6. Enn Od Pou Nou Sega, 7. Mo Pei, 7. Mo Pie Mang, 7–8. Tata Iranah, 8. Gouna, 8–9. Fit To Kreyon, 9. Lasours Mo Lavi, 9. Dan Pei Mazikal, 9–10. Lapousier Zetwal, 10. Maskilen-Sengilie, 10–11. Yapana-Saponer-Sitronel, 11. Kininn Mil Zepis, 11–12. Zanfan san Sourir, 12–13. Sime Serpan, 14. Sakenn So Pie, 14. Pagla, 14. Od Pou Mama, 15. Ti La He, 15–16. Pa Zis Dan Labib, 16–17. Matlo Mo Matlo, 17–18. Mazanbron, 18. Larivier Tanie, 18–19. Degaze-Degaze, 19–20. Rakel Pe Plore, 20–21. Zot Pe Konsom Tizanfan, 21–22. Tou Kou Sak Kou Mem Kou, 22–23. Parol Gramama, 23–24. Travay Pou Marmay, 24–25. Zanfan Larkansiel, 25. Pie Lila, 25–26. Lamour Kiltive, 26. Tansion Matlo, Tansion, 26–27. Global Pe Don Bal, 27. Ibiskis Zean, 28. Paz Desire, 28–29. Tir Linet Pou Trouv Pli Kler, 29. Pa Pran Li Kont, Li Toktok, 29–30. Enn Ti Petal Blan Mo Nal, 30. Dernie Ferlong, 30–31. Larenn Vashti, 31. Simi Lavi, 31. Isi Deryer Dime, 31–32. Yer Pa Zordi, 32. Difisil Pa Enposib, 32. Lafontenn Ti Bliye Dir, 33. Nou Tou Kreol Isi, 33–34. Enn Ti Reset, 34. Enn Nisa Apar, 35. Lamour Atase/ Detase, 35. Salam, 35–36. Si, 36. Mo Ti Bizen, 36. Geri To Mofinn, 36–37. Diya, 37. Mango, 37. Lil Far, 37–38. Shakti O Shakti, 38. Lamour, 38–29. Site Ouvriyer, 39. Esperannto Silvouple, 39. Kan Bizen Ale, 40. Si

Bondie Ti Enn Fam, 40. Mo Ti Gagn Per, 40. Beatris-
Shakti, 41. Kosmar, 41–42. Montagn Morn, 42–43.
Zarden Soumaren, 43–44. Kaise Belona, 44–45. Mo
Ti Matlo, 45–46. Poul Vakabon Poul Liberte, 46–47.
Gravie Dan Mo Soulie, 47–48. Senk Sezon, 48–50. Ala
Seki Mo Ete, Mo Kwar, 50–51. Kan Brousay Bar Gete,
51–52. Lamone Kontan, 53. Lor Larout, 54. Lasans?,
54–55. Dan Tavern, 55. Balad San Patri, 56. Li Bizen
Nou Kouma Nou Bizen Li, 56–57. Channda-Mama,
57. Bonom Noel, 57–58. Mo Pie Zanblon, 58–60.
Bouke Larkansiel, 60–61. Ven-tan, 61. Si Enn Zour,
61. Lalimier, 62–63. Poz To Lalev, 63–64. Lentelizans
Maskilen, 64. Feminen Pliryel, 64–65. Zot Finn Envant,
65. Lamor Triyonfan, 66. Lavi Apre Lamor, 67.

[Poetry] *Viv Enn Lot Manier.* Rose Hill: Boukie
Banane, 2008. Online. <www.dev-virahsawmy.org/
polankporekVIVLOTMANIER.html>

[See Zwazo Samarel below]
[Poetry] *Gonaz Par Tonn.* Rose Hill: Boukie
Banane, 2008. Online <www.dev-virahsawmy.org/
polankporekGONAZ.html>

[See Disik Sale below]

[Poetry] *Disik Sale.* Expanded edition. Rose Hill: Boukie
Banane, 2008. Online PDF. <www.boukiebanane.
orange.mu/PDFdisiksale.pdf> 173 pages.

Ti Fanfan, 2–4. Lespri Zom Napa Lespri Bom, 5–6.

Krwazer Meriken, 6–7. Piten! Ayo Enn Vilen Mo, 8–9.
Dokter Pou Vini Zordi, 10–11. Ramdass Ek Gouna-
Inevitab?, 12–14. Pou K.M, 15–18. Kat Tibout Miray,
18. Siklonn Out, 19. Tou Korek, 20–21. Dan Kaso,
22–23. Mo Saret Tas Dan Labou, 24. Nou Va Ete, 25.
Lerla Larm Li Koule, 25–26. Lenternasional, 26–27.
Ansam Zordi Dime Non, 27–28. Bizen Atann Li Mir,
28–29. Samem Nou Lalwa, 29. Douniya Li Pou Sanze,
30. Chiniraja, 30–32. Dife Dan Kann, 32–33. Poem Pou
Fet Mama, 33–34. Enn Gout Dilo, 34. Sourir Tibaba,
35. Pikpik, 35. Dan Karo Brile, 35–36. Lasours Mo
Lavi, 36.

[*Gonaz par Tonn*: Lapriyer 1, 36. Lapriyer 2, 37.
Lapriyer 3, 37–39. Bofor, 39. Dan Pei Mazikal, 39–40.
Gato La Pa Bon?, 40–42. Si, 42. Lapousier Zetwal, 42.
Kwar Mwa, 42–43. Switch Off, 43. San Tit, 44. Oumem
Papa, Oumem Mama, 44–45. Lavi Enn Bazar, 45-46.
Virkitourn-Tournkivir, 46. Efase-Refer, 47. Maskilen-
Sengilie, 47–48. Yapana-Saponer-Sitronel, 48. Pa Li Sa,
Mwa Sa, 48–49. Trwa Lavwa, 49–50. Kininn Mil Zepis,
50. Katastrof Sirpat, 50–51. Atann Rolls-Royce Mem!,
51–52. 3 Poem Pou Enn Zanfan Perdi Sourir, 52–54.
Salad Fey Sonz, 5–56. Lozik, 56. Sakenn So Pie, 57.
Sime Serpan, 57. Enn Sans, 57–58. Pagla, 58. Enn Od
Pou Fet Mama, 58–59.]

Larivier Tanie, 59. Fennsifer, 59–60. Pardonn Mwa Mo
Frer, 60–61. Desizion Istorik, 61–62. Pa Fasil Mo Frer,
62–63. Sans Zis Enn Rev!, 63–64. Parol Ki Shelley Ti
Dir, 64–65. Program CPE, 65–66. Momem Sa!, 66–67.

Kari-Barri, 67–68. Degaze-Degaze, 68–69. Atas ou
Sentir, 69–70. Rakel Pe Plore, 70–71. Kouma Somon,
71–72. Dis-Pour-San, 72–73. Gardien Simitier, 73–74.
Zot Pe Konsom Ti-Zanfan, 74–75. Tou Kou Sak Kou
Mem Kou, 75–76. Parol Gramama, 76–77. Travay
Pou Marmay, 77–78. Ven-Tan, 78. Enn Fwa, 79. Si
Enn Zour, 79–80. Zenes Anfler, 80. Lalimier, 81. Si,
82. Kleopatra, 83. Seri Ze Tador, 83–84. Zinet-Zinat,
85. Si Mo Dir Twa, 85–86. Andeor Letan, 86. Ton
Zanpier, 87. Eta!, 87–88. Lamour Ize, 88–90. Parey Pa
Parey, 90–91. Poz To Lalev, 91–92. Enn Bon Tifi, 92.
Enn Felonn Sa, 92–93. Mexinn SIDA, 93. Ki Pli Zoli,
93–94. Personel Pou Tou, 94. Done vs Pran, 94–95.
Ki Res Pou Fer?, 95. Enn Ti-Petal Blan Mo Nal, 95.
Intwision, 96. Enn Let Pou Bondie, 96. Dernie Ferlong,
96–97. Larenn Vashti, 97. Simi Lavi, 97. Isi, Deryer,
Divan, 98. Yer Pa Zordi, 98. Difisil Pa Enposib, 99.
Lafontenn Ti Bliye Dir, 99. Ki Repiblik?, 100. Koz Vre,
10. Moïse, 100–101. Mea-Koulpa, 101. Shouut! Pa
Koz Sa, 101–102. Kan Donn Nom, 102. Met Paryaz
Ar Desten, 103. Nou Tou Kreol Isi, 103–104. Enn Ti-
Reset, 104–105. Enn Nisa Apar, 105. Lamour Atase /
Lamour Detase, 105. Salam!, 106. Jer-Jeri-Jerikann,
106–107. Gran Mazisien Prezidan, 107. Li Li Kone
Li, 107–108. Letensel, 108–109. Routinn San Pasion,
109. Napa Bes Lebra, 110. Zoli Zanfan, 110–111.
Ti La He!, 112–113. Mesaz Divali, 113. Pa Zis Dan
Labib, 114. Kan Wi Ek Non Do Bhai, 114–115. Matlo,
Mo Matlo!, 115. Barik Vid, Do Mama…, 116. Lalang
Pena Lezo, 116–117. Ti Kouto, 117. Si Lamer Ti Bwi,
117–118. Kouchou-Kouchou, 118–119. Vire-Vire!, 119.

Lendistri Koken, 120. Bondie Mo Bondie, 120–121.
Ala Li Grosie Do Mama!, 121–122. Mazanbron, 122.
Enn Peser-Labourer, 123. Si, 124. Mo Ti Bizen, 124.
Geri To Mofinn, 125. Diya, 125. Mango, 126. Enn
Od Pou Nou Sega, 126. Mo Pei, 127. Lil Far, 127.
Shakti O Shakti, 128. François Villon, 129. Karay
Vid, 129–130. Sovsouri vs Zoyon, 130. Laliann Leng,
130–131. Lougarou Papiemase, 131. Anvi Anvi, 131.
Porlwi Pelmel, 132. Karya, 132. Balad Enn Malad, 132.
Granbe, 133. Rev Pe Retresi, 133. Lasann Enn Rev, 134.
Get-Get Get Gete, 134. Me Get Lao Papa, 134–135.
Prozekter (I), 135. Prozekter (II), 135. Prozekter (III),
136. Twa Ki Twa? (I), 136–137. Twa Ki Twa? (II),
137. Mwa Ek Lotla, 137. Konn Servi To Veren, 138.
Sipek, 138. Mo Pie Mang, 139. Viv Liv!, 139–140. Kot
Mwa, 140–141. Lasesres, 141–142. Sa Ki Apel Lasans,
142. Arete Foutou!, 143. Pa Dir Mwa!, 143. Lot Kote
Barlizour, 144. Statif, 144–145. Entranzitif Fitir, 145.
Do, 145. Marisia, 146. Toufann, 146–147. Baprebap!,
147. Poor Tom's A Cold, 147–148. Verze Chalta, 148–
149. Lapriyer, 149–150. Repiblik Barik Vid, 150–151.
Rekomandasion, 151–152. Maryaz Deranze, 152–153.
Miouzikalcher, 153–155. Sir Leo Karne, 155–156. De
Dan Enn, 156–157. Dan Lamar Mo Memwar, 157–158.
Donkisot 2000, 158–159. Mari Gonaz, 159. So Gran
Lafwa, 160. Odise Lerwa Oberon, 161–162. Zot Pa'le
Twa, 162–163. Balad Komet Halley, 164. Zis Twa Ek
Mwa, 164. Thinking Is Sinking, 165. Tizan, 165–166.
Maroken, 166. Galileo Gonaz, 167. Petrus, 167–168.
Mousana, 168–169. Chacha Lall, 169–170. Lalanp
Later/Diya, 170. Kan Ou Gran, 171. Sak Sezon Ena So

Fri, 172.

[Poetry] *Poem Dramatik.* Rose Hill: Boukie Banane, 2008.

Zame Tousel. Kot Mo Batana? Get Par Lafnet. Dan Nou Bann Na Peyna Sa. Li Malad Matlo! Rapel Ki Profet Ti Dir!

[Political satire in prose] *Emosion Tro For, Ki Pou Fer Zertrid?* Rose Hill: Boukie Banane, 2008. Online. <www.dev-virahsawmy.org/polanknouvo 08emosionfor.html

[Political satire in prose] "Lerwa Klojous". Online, 2008. <www.dev-virahsawmy.org/polanknouvo08klojous. html>

[Poem] "Abanera – Carmen par Bizet". Online, 2008. <www.dev-virahsawmy.org/polanknouvo08karmenn. html>

{Translation into French} Gedichte von Dev Virahsawmy (Mirak divali, Beatris-Shakti, Mo pei, Tata Irahna, Gouna, Fit to kreyon, Site Ouvriyer) aus dem créole mauricien ins Französische. In *micRomania* 64 (March) 2008: 9-15.

2009
[Poetry] *San Sonet.* Online, 2009. <www.boukiebanane. orange.mu/PDFsansonet.pdf> 97 pages.

Zistwar Pagla, 4. Anfami, 5–6. Sapoumwa Inik, 7.
Konesans Normal, Konesans Golmal, 8. Sort Andeor
Ti-Kare, 9–10. Lamour Andeor Ti-Kare, 11. Ti-Fler
Kasiet Dan Touf Lerb, 12. Linet Roulan, 13. Li, 14.
Tch, Dj, Tchitchitchi!, 15. Reflesi Ar Leker, 16. Zenes
Dan Douk, 17. Pa Gagn Drwa Trap Lame, 18. So
Sante Prefere, 19. Kan Tigit Vinn Boukou, 20. Toulede
Neseser, Mo Kwar, 21. Ar Dibwa Demolision, 22.
Ton Zan Seve Blan, 23. Akter Manti, 24. Liberte!,
25. Parapli Perse, 26. Kanar Bwate, 27. Enn Patwa
Ki Sa Ete?, 28. Gro Zero Manz Ti Zero, 29. Seki Ou
Dir Samem, 30. Kontinie Plis Zoyon, 31. Zeni Anpes
Mwa…, 32. So Lentere, 33. Met Pandi/Lakord Pandi,
34. Sa Ki Apel Gran Malen, 35. Sover Liniver, 36.
Tipalto, 37. Namaste, Napa Koste!, 38. Kamala ek
Kamelia, 39. Lakaz Zouzou, 40. Pomdamour, 41. Dinite
Pa Sarite, 42. Enn Ti Tristes…, 43. Zetwal Mat, 44.
Pie Bwadebenn, 45. Tonbe, Leve, 46. Permanan?, 47.
Letansa Zanfan Esklav…, 48. Gaya, Mama Later, 49.
Mision Enposib!, 50. Get Aster, 51. Si Lesiel Dime,
52. Mizire, Kalkile, 53. Pa Premie, Pa Dernie, 54. Li
Enn Profesionel Li, 55. Fer Plezir, 56. Li Anvi Gagn
Nom Madam, 57. Ki To Proze?, 58. Kouler Lapo, 59.
Drwa Dir Wi, 60. To'nn Dir Violans?, 61. Lanonima,
62. Royos Negatif?, 63. Pa Koz Sa!, 64. Weytingroum
Dispanser, 65. Eski Nou Onet?, 66. Viktim Intolerans,
67. Kan Kouler Bar Gete, 68. To'nn Dir Filozofi?, 69.
Dan Les Lafrik, 70. Liberte Expresion, 71. King Krezis
Manti, 7. Mo, Mwa, Momem, 73. Enn Dekorasion,
74. Si Mo Per Ki To La!, 75. Dan Fon Enn Kouyer, 76.
Fer Labous Dou, 77. Mizir Konsekans, 78. Pa Kone

Ki Mo Ete, 79. Koson Maron ek Kabri, 80. Prononche Pou Vinn Enn Lot, 81. Swasant Vinn Trant, 82. Likou Touni, 83. No Zayself, 84. Briyani Lafwa, 85. Mesaz Senp, 86. Si Zezi Revini, 87. Zot Reysi Fer Lever Kwar, 88. Shakti Zezi, 89. Koze ek Ekrir, 90. Parol, 91. Nou Istwar, 92. De Simen, Mem Direksion, 93. Kouma Lezot?, 94. Kifer Mo Ekrir?, 95. Ena Lespwar, 96. Mersi Bondie, 97.

[Poetry] *Later 7 Kouler.* Online, 2009. Online. <www. boukiebanane.orange.mu/PDFlater7kouler.pdf> 98 pages.

Kaise Belona 2, 2. Wi Enn Gran Pei…, 3. Odek 2, 4. Santimet Dezakorde, 5. Lomdezes, 6. Korde, 7. Touf…, 8. Vilen Tikanar, 9. Ki Pe Arive?, 10. Sak Pikan Ena So Petal II, 11. Lamour Sakre, 12. Yoni ek Linga, 13. Adorasion, 14. Pa Per Piti, 15. Zozefinn Devi ek Bibi, 16. Mo Fanfan, 17. Mis ek Sir, 18. Zanfan Ti-Rajou, 19. So Papa, So Mama, 20. Paradi Dan Rev, 21. Ki Dimounn Pou Dir!, 22. Twa, Ki To Rol?, 23. Zarden Balfour, 24. Malini, 25 Christ-Elle, 26. Enn Roz Rouz, 27–28. Selebrasion, 29. Kan Poul Mouye Deklar Kok, 30. Kan Li Vini San Panse, 31. Sirman Mo Enn Pagla!, 32. Nikola, Direnn, Rama ek Hilda, 33. Friyapen, 34. Ki Avtarr To Koze?, 35. Maya May Lespri, 36. Pou Bann Tizanfan, 37. Piten, Ayo Enn Vilen Mo!, 38–39. Mo Saret Tas Dan Labou, 40. Lerla Larm Li Koule, 41. Lenternasional, 43–44.Chiniraja, 44-45. Lapriyer, 46–47. Oumem Papa, Oumem Mama, 48. Lavi Enn Bazar, 49. Yapana-Saponer-Sitronel, 50. Moïse, 51.

Napa Bes Lebra, 52. Mesaz Divali, 53. Matlo, Mo
Matlo, 54. Shakti O Shakti, 55. Kaskad Endiferans,
56. Kot Mwa, 57. Marisia, 58. Thinking Is Sinking, 59.
Chacha Lall, 60–61. Lalanp Later/Diya, 62. Kan Ou
Gran, 63. Sak Sezon Ena So Fri, 64. Fale Pa Mo Sap
Lor Kal!, 65. Etranze Mo Frer, 66. Dile Dan Bwat, 67.
Pou Anoushka, 68. Li Finn Vinn Vie A Vennsenkan,
69–70. Soley Fenean, 71. Katarak, 72. Kaise Belona,
73. Ton Toulsi, 74. Balad Bay Abou, 75. Wi Enn Ti
Pei Me Enn Gran Lavi, 76. Senk Sezon, 77–79. Pou
Amiapa, 80. Lasans?, 81. Sapoumwa Inik, 82. Konesans
Normal, Konsekans Golmal, 83. Sort Andeor Ti-Kare,
84. Lamour Andeor Ti-Kare. Zenes Dan Douk, 86.
Pa Gagn Drwa Trap Lame, 87. Parapli Perse, 88. Zezi
Anpes Mwa, 89. Kamala ek Kamelia, 90. Lakaz Zouzou,
91. Zetwal Mat, 92. Pie Bwadebenn, 93. Dan Les Lafrik,
94. Briyani Lafwa, 95. Si Zezi Revini, 96. Mersi Bondie,
97.

[Translation/Adaptation] *Detrwa Paz Bhagavad Gita
Vyasa*. 2009. Online. <www.boukiebanane.orange.
mu/PDFBhagavadGita.pdf> 2–28.

[Play] *Pigmalion Anbalao: Enn Revizion Malelve*
[based on *Pygmalion*] Rose Hill: Boukie Banane,
2009. Online. <www.boukiebanane.orange.mu/
boukiebanane.orange.mu/PDFpigmalion.pdf> 40
pages.

[Play] *Levanzil Krishna, enn mini-komedi mizikal*.
Boukie Banane Online, 2009. Online <www.

boukiebanane.orange.mu/PDFBhagavadGita.pdf>
29–55.

[Poetry] *Lapriyer Sen Franswa Dasiz.* Rose Hill:
Boukie Banane, 2009. Online

[Poetry collection] *9 Long Poem.* Rose Hill: Boukie
Banane, 2009. Online. <www.boukiebanane.orange.
mu/PDFlongpoem.pdf> 58 pages.

> *Lafime dan Lizie.* 2–7. *Trip Sere Lagorz Amare.* 8–15.
> *Lonbraz Lavi.* 17–26. *Trazedi Sir Kouta-Gram 001: enn
> badinaz foutan relouke/epope lor beki.* 28–35. *Metis.* 37–
> 38. *Pou Loga.* 40–42. *Tamtam Gitar ek Sitar.* 43–44.
> *Thanatos Lor Baz.* 46–51. *Karay So.* 53–57.

[Poem] "Lavi apre lamor" [from *Fetdemor*]. In *Point
Barre: Revue de poésie contemporaine* 7 (2009), 7.

[Translation/adaptation]. "Nou'al fer enn Letour"
[Richard Berengarten, "Volta"]. In *International
Literary Quarterly* 9 (November 2009). <http://interlitq.
org/issue9/volta/mauritian/volta.pdf>

2010
In *International Journal of Francophone Studies* 13/3–4
(2010):

[Play] *Dernie vol* [online 2003], 595–602.

{English translation} Last Flight. Translated by Joyce Fortuné-Pope, 603–612.

[Poetry] "Froder konferans" [from *Zwazo Samarel*] In *...Riez Maintenant: Point Barre: Revue de poésie contemporaine* 8 (2010), 7.

In *Bilengism Morisien ek Angle (Mauritian and English Bilingualism)*, [Mauritius]: BM Book Centre, 2010:

[Translation/Adaptation] Extract from *Kanjid.* Online PDF <www.boukiebanane.orange.mu/ PDFliteresibileng.pdf> 22–23.

[Translation/Adaptation] Extract from *Bhagavad Gita.* Online PDF <www.boukiebanane.orange.mu/ PDFliteresibileng.pdf> 25–43.

[Translation/Adaptation/Retelling] **Poem La Fontaine an Morisien.** Rose Hill: Boukie Banane, 2010. Online PDF. <www.boukiebanane.orange.mu/ PDFlafontennanmorisien.pdf> 150 pages.

Includes the 5 fables from *Lafontenn ti dir* [Loulou ek Sienlou renamed Loulou ek Lisien] and: Krapo ki Rod Vinn Bef. Zenis, Kabri, Brebi ek zot partner Lion. Lera Lavil ek Lera Bitasion. Renar ek Sigogn. Senn ek Rozo. Kisanla pou atas laklos? De Toro ek Enn Krapo. Lion ek Mous sarbon. Bourik saryeleponz, Bourik sarye disel. Lion ek Lera. Kolom ek Fourmi. Yev ek Krapo. Kok ek Renar. Korbo ki imit Leg. Pan zalou.

[Collection] ***Kan Aprann Vinn Plezir***. Rose Hill: Boukie Banane, 2010. Online PDF. <www.boukiebanane. orange.mu/PDFZanfanlekol.pdf> 59 pages.

Limerik, Akrostik, haiku, ets. [100 items], 1–38

Zistwar Fab Tonton Ezop, 39–58: Zistwar Fourmi ek Karanbol, 3. Lera Lavil ek Lera Bitasion, 40. Mwano ek Pan, 41. Pake Dibwa, 42. Poul Dizef Lor, 43. Rasel ek so Bidon Dile, 44. Zistwar Sat ek Lera, 45. Vre Kamarad, Fos Kamarad, 46. Yev ek Krapo, 47–48. Zistwar Krapo ek Bef, 49–50. Zistwar Latet Kokom, 51. Zistwar Lion ek Saser. 52. Zistwar Lion ek Souri, 53–54. Zistwar Serf ek Saser, 55. Zistwar Sovsouri, 56. Zistwar Yev ek Bourik, 57. Zistwar Yev ek Torti, 58.

[Collection] ***Lirik Plen Tenk***. Rose Hill: Boukie Banane, 2010. Online PDF. <www.boukiebanane.orange.mu/ PDFlirikplentenk.pdf> 59 pages.

Liv 1: Ambalao, 1–20: Saraswatee Beni Mo Sante. De Gran Lelefan. Tousala Roupi. Dan Ki Labarb. To Koz Kont? Pie Paysa-Roupaya. Sap Dan Karay. Dan Mo Kalbas Ena Dimiel. Komanter Devor Niouz. Repiblik Zanimo.
Liv 2: Triyangaz, 21–42: Tikolo Vinn Anperer. Liv Serye vs Sifon Ble. Karapat Lokal vs Karapat Dideor. Memwar Kourt. Mo Finn Lir, Mo Finn Tande. Mahademokrat. Li Kouyonn Limem. Kan Tartif Pran Pansion. Seki Bon Pou Tande. Envanter Sistem.

Liv 3: Liberte, 43–63: Liberte Pa Kraz Kor. Lamitie, Lamoure ek Liberte. Ki Pli Zoli Kado? Enn Bout Dipen Rasi! Lamour Dan Liberte. Servolan Pa Lib. Liberte ek Egalite. Jennder Pawer. Kontrer Neseser. Modernite.

Liv 4: Morisien, 64–84: Mo Zwazo Samarel. Lekritir. Lekrikiltir. Morisianism San Morisien? Bondie Koz Kreol. Mo Rev. Marisia Fel CPE. Zevoutem. Friyapen Lespri. Lapriyer.

[Translation and retelling] *Ezop Pou Zanfan Lekol (Aesop for Children)* [includes English originals]. Rose Hill: Boukie Banane, 2010. Online PDF. <www.boukiebanane.orange.mu/PDFezopzanfanlekol.pdf> 149 pages.

[125 stories] The Wolf and the Kid = Loulou ek Tibouk, 2–3. The Tortoise and the Ducks = Zistwar Torti ek Kanar, 4–5. The Young Crab and his Mother = Enn Zenn Krab ek so Mama, 6. The Frogs and the Ox = Zistwar Krapo ek Bef, 7. The Dog, the Cock, and the Fox = Zistwar Lisien, Kok ek Renar, 8–9. Belling the Cat = Kisanla Pou Fer Sa?, 10–11. The Eagle and the Jackdaw = Zistwar Leg ek Marten, 12. The Boy and the Filberts = Zistwar Tigarson ek Pogne Pistas, 13. Hercules and the Wagoner = Zistwar Hanuman ek Sartie, 14. The Kid and the Wolf = Zistwar Annyo ek Loulou, 15. The Town Mouse and the Country Mouse = Lera Lavil ek Lera Bitasion, 16–17. The Fox and the Grapes = Zistwar Renar ek Grap Rezen, 18. The Bundle of Sticks = Zistwar Pake Dibwa, 19. The Wolf and the

Crane = Zistwar Loulou ek Sigogn, 21–21. The Ass
and his Driver = Zistwar Bourik ek so Met, 22. The
Oxen and the Wheels = Zistwar Bef ek Larou, 23. The
Lion and the Mouse = Zistwar Lion ek Souri, 24. The
Shepherd Boy and the Wol = Zistwar Apranti Gardien
ek Loulou, 25–26. The Gnat and the Bull = Zistwar
Mous-Sarbon ek Toro, 27. The Plane Tree = Zistwar
Pie Badamie, 28. The Farmer and the Stork = Zistwar
Planter ek Sigogn, 29. The Sheep and the Pig = Zistwar
Mouton ek Koson, 30. The Travelers and the Purse
= Zistwar Vwayazer ek Portmone, 31. The Lion and
the Ass = Zistwar Lion ek Bourik, 32. The Frogs Who
Wished for a King = Kan Krapo Rod Lerwa, 33–34.
The Owl and the Grasshopper = Zistwar Ibou ek
Karanbol, 35–36. The Wolf and His Shadow = Zistwar
Loulou ek so Lonbraz, 37. The Oak and the Reeds =
Zistwar Pie Lafours ek Pie Voun, 38. The Rat and the
Elephant = Zistwar Lera ek Lelefan, 39. The Boys and
the Frogs = Zistwar Tigarson ek Krapo, 40. The Crow
and the Pitcher = Zistwar Marten ek Gargoulet, 41.
The Ants and the Grasshopper = Zistwar Fourmi ek
Karanbol, 42. The Ass Carrying the Image = Zistwar
Bourik Ki Sarye Zimaz Bondie, 43. A Raven and a
Swan = Zistwar Marten ek Sign, 44. The Two Goats =
Zistwar De Kabri, 45. The Ass and the Load of Salt =
Zistwar Bourik Pe Sarye Disel, 46. The Lion and the
Gnat = Zistwar Lion ek Mous Sarbon, 47. The Leap at
Rhodes = Zistwar Pioner Kouyoner, 48. The Cock and
the Jewel = Zistwar Kok ek Bizou, 49. The Monkey and
the Camel = Zistwar Zako ek Samo, 50. The Wild Boar
and the Fox = Zistwar Koson Maron ek Renar, 51. The

Ass, The Fox and the Lion = Zistwar Bourik, Renar ek
Lion, 52. The Birds, the Beasts, and the Bat = Zistwar
Zwazo, Bebet Sovaz ek Sovsouri, 53. The Lion, the Bear,
and the Fox = Zistwar Lion, Lours ek Renar, 54. The
Wolf and the Lamb = Zistwar Loulou ek Annyo, 55–56.
The Wolf and the Sheep = Zistwar Loulou ek Mouton,
57. The Hares and the Frogs = Zistwar Yev ek Krapo,
58. The Fox and the Stork = Zistwar Renar ek Sigogn,
59–60. The Travelers and the Sea = Zistwar Vwayazer
ek Lamer, 61. The Wolf and the Lion = Zistwar Loulou
ek Lion, 62. The Stag and His Reflection = Zistwar Serf
dan Basen Kler, 63. The Peacock = Zistwar Pan, 64. The
Mice and the Weasels = Zistwar Souri ek Mangous, 65.
The Wolf and the Lean Dog = Zistwar Loulou ek Lisien
Meg, 66–67. The Fox and the Lion = Zistwar Renar
ek Lion, 68. The Lion and the Ass = Zistwar Lion ek
Bourik, 69. The Dog and His Master's Dinner = Zistwar
Lisien ek Manze So Met, 70. The Vain Jackdaw and His
Borrowed Feathers = Zistwar Marten ar Plim Prete,
71. The Monkey and the Dolphin = Zistwar Zako ek
Dofen, 72–73. The Wolf and the Ass = Zistwar Loulou
ek Bourik, 74–75. The Monkey and the Cat = Zistwar
Zako ek Sat, 76. The Dogs and the Fox = Zistwar
Lisien ek Renar, 78. The Dogs and the Hides = Zistwar
Lisien ek Lapo Zanimo, 79. The Rabbit, the Weasel,
and the Cat = Zistwar Lapen, Mangous ek Sat, 80. The
Bear and the Bees = Zistwar Lours ek Mousdimiel, 81.
The Fox and the Leopard = Zistwar Renar ek Leopar,
82. The Heron = Zistwar Eron, 83. The Cock and the
Fox = Zistwar Kok ek Renar, 84–85. The Dog in the
Manger = Zistwar Lisien dan Manzwar, 86. The Wolf

and the Goat = Zistwar Loulou ek Kabri, 87. The Ass
and the Grasshoppers = Zistwar Bourik ek Karanbol,
88. The Mule = Zistwar Mil, 89. The Fox and the Goat
= Zistwar Renar ek Bouk, 90. The Cat, the Cock, and
the Young Mouse = Zistwar Sat, Kok e Zenn Souri,
91–92. The Wolf and the Shepherd = Zistwar Loulou
ek Gardien Troupo, 93. The Peacock and the Crane =
Zistwar Pan ek Gri-Gri, 94. The Farmer and the Cranes
= Zistwar Fermie ek Gri-Gri, 95. The Farmer and His
Sons = Zistwar Enn Labourer ek so Zanfan, 96. The
Two Pots = Zistwar Podefer ek Podeter, 97. The Goose
and the Golden Egg = Zistwar Poul Ki Ponn Dizef
Lor, 98. The Fighting Bulls and the Frog = Zistwar
Toro Danzere ek Krapo, 99. The Mouse ad the Weasel
= Zistwar Souri ek Mangous, 100. The Farmer and
the Snake = Zistwar Fermi ek Serpan, 101. The Sick
Stag = Zistwar Enn Serf Malad, 102. The Goatherd
and the Wild Goats = Zistwar Gardien Kabri ek Kabri
Sovaz, 103. The Spendthrift and the Swallow = Zistwar
Bangoler ek Mwano, 104. The Cat and the Birds =
Zistwar Sat ek Zwazo, 105. The Dog and the Oyster =
Zistwar Lisien ek Zwit, 106. The Astrologer = Zistwar
Astrolog, 107. Three Bullocks and a Lion = Zistwar
Trwa Bef ek Enn Lion, 108. Mercury ad the Woodman
= Zistwar Hanoumann ek Bisrom, 109–110. The Frog
and the Mouse = Zistwar Krapo ek Souri, 111. The
Fox and the Crab = Zistwar Renar ek Krab, 112. The
Serpent and the Eagle = Zistwar Serpan ek Leg, 113.
The Wolf in Sheep's Clothing = Zistwar loulou Degize
an Mouton, 114. The Bull and the Goat = Zistwar Toro
ek Bouk, 115. The Eagle and the Beetle = Zistwar Leg

ek Mous Sarbon, 116. The Old Lion and the Fox =
Zistwar Vie Lion ek Renar, 117. The Man and the Lion
= Zistwar Enn Dimoun ek Enn Lion, 118. The Ass and
the Lap Dog = Zistwar Bourik ek Grifon, 119–120.
The Milkmaid and Her Pail = Zistwar Rasel ek So
Bidon Dile, 121. The Wolf and the Shepherd = Zistwar
Loulou ek Gardien Mouton, 122. The Goatherd and
the Goat = Zistwar Gardien Kabri ek Bouk, 123. The
Miser = Zistwar Soumrra, 124–125. The Wolf and
the House Dog = Zistwar Loulou ek Lisien Gardien
Lakour, 126–127. The Fox and the Hedgehog = Zistwar
Renar ek Tang, 128. The Bat and the Weasels = Zistwar
Sovsouri ek Mangous, 129. The Quack Toad = Zistwar
Krapo Dokter Nipat, 130. The Fox Without a Tail =
Zistwar Renar San Lake, 131–132. The Mischievous
Dog = Zistwar Enn Lisien Danzere, 133. The Rose and
the Butterfly = Zistwar Roz ek Papiyon, 134. The Cat
and the Fox = Zistwar Sat ek Renar, 135. The Boy and
the Nettle = Zistwar Ti Garson ek Pie Kanpes, 136.
The Old Lion = Zistwar Vie Lion, 137. The Fox and
the Pheasants = Zistwar Renar ek Fezan, 138. Two
Travelers and a Bear = Zistwar De Vwayazer ek Enn
Lours, 139. The Porcupine and the Snakes = Zistwar
Porkepik ek Serpan, 140. The Fox and the Monkey =
Zistwar Renar ek Zako, 141. The Mother and the Wolf
= Zistwar Mama ek Loulou, 142. The Flies and the
Honey = Zistwar Mous ek Dimiel, 143. The Eagle and
the Kite = Zistwar Leg ek Votour, 144. The Stag, the
Sheep, and the Wolf = Zistwar Serf, Mouton ek Loulou,
145. The Animals and the Plague = Zistwar Zanimo
Malad ar Lapes, 147. The Shepherd and the Lion =

Zistwar Gardien Mouton ek Lion, 148. The Dog and
His Reflection = Zistwar Lisien ek So Refle, 149.

2011

[Play collection] *5 Ti Pies Teat*. Rose Hill: Boukie
Banane, 2011. Online. <www.boukiebanane.orange.
mu/PDF5tipiesteat.pdf> 110 pages.

Profeser Madli, 1–43.
Tantinn Madok, 44–69.
Krishna, 70–86.
Basdeo Inosan, 87–95.
Bef dan Disab, 96–109.

[Play collection] *Trilozi Li...Berte*. Rose Hill: Boukie
Banane, 2011. Online. <www.boukiebanane.orange.
mu/PDFtriloziLiberte.pdf> 59 pages.

Li, 2–31.
Dokter Hamlet, 32–49.
Hamlet 2, 50–57.

[Play collection] *Trilozi ABS*. Rose Hill: Boukie Banane,
2011. Online. <www.boukiebanane.orange.mu/
PDFtriloziLiberte.pdf> 137 pages.

Zeneral Makbef, 2–53.
Dokter Nipat, 54–114.
ABS Lemanifik, 115–136.

[Play collection] *Trilozi Ziliet*. Rose Hill: Boukie Banane,

2011. Online. <www.boukiebanane.orange.mu/
PDFtriloziZiliet.pdf> 129 pages.

Ziliet ek so Romeo, 2–41.
Mamzel Zann, 42–84.
Ti-Marie, 85–128.

[Play collection] *Trilozi Gonaz.* Rose Hill: Boukie
Banane, 2011. Online. <www.boukiebanane.orange.
mu/PDFtriloziGonaz.pdf> 211 pages.

Galileo Gonaz, 2–78.
Sir Toby, 79–139.
Liconnsing Finalay, 140–210.

[Play collection] *Trilozi Shakti.* Rose Hill: Boukie
Banane, 2011. Online. <www.boukiebanane.orange.
mu/PDFtriloziShakti.pdf> 82 pages
Dropadi, 2–30.
Bisma ek So Vas, 31–64.
Walls, 65–81.

[Poetry] **Zwazo Samarel** (incorporating *Dan Dabwa Ena
Dibwa* and *Ler ek Lagam Mazik*) Rose Hill: Boukie
Banane, 2011. Online. <www.boukiebanane.orange.mu/
PDFZwazoSamarel.pdf> 200 pages.

Nou Partou Me…, 2. Nou Ki Mari!, 2. Swiv Mo Lezanp,
2–3. Vroum-Vroum, 3. Bes Latet Fonse, 3–4. Kanser,
SIDA, Malarya, 4. Sivilizasion, 4. Tras, 5. Solitid,
5. Retrete, 5–6. Zako Sagren, 6. Ankor Limem!, 6.

Lamour Lor Peron, 7. Tonton Kont Sezon, 7. Dodo
Baba, 7–8. Vey Seke, 8. Tata Iranah, 8–9. Gouna, 9.
Swaf 1, 9. Swaf 2, 10. Swaf 3, 10. Swaf 4, 10–11. Swaf
5, 11. Swaf 6, 11–12. Mask Fam–Fam Mask, 12. Dainn
1, 12. Dainn 2, 13. Dainn 3, 13. Granper Yap-Yap,
Granmer Tchouptchap, 14. Sheherazade, 14. Komeraz
1?, 14–15. Komeraz 2?, 15. Maser Ann, 15–16. Kot Pou
Kone 1?, 16. Kot Pou Kone 2?, 16. Zann, 17. Mo Beti,
17. Leve Baba,18. Ant So De Zorey, 18. Kont Feyaz,
18–19. Kokas Kokaz, 19. Petit Pwen-Alalign, 19–20.
Fale Pa Mo Sap Lor Kal!, 20. Pa Rasis Sa, 21. Eski
Nou Sivilize?, 21. Mo Anvi Kriye, 21–22. Efase-Refer,
22. Kosmar, 22–23. Montagn Morn, 23–25. Zarden
Soumaren, 25–26. Etranze Mo Frer, 26. Dile Dan Bwat,
27. Pou Anoushka, 28. Li Finn Vinn Vie A Vennsekan,
29–30. Soley Fenean, 30. Katarak, 31. Oxizenn Matinal,
32. Lonbraz Lavi (1), 32–33. Lachimi dan Lakiri,
33–34. Toukorek ek Lydifisil, 34–37. Kaise Belona,
37. Laba Anvil Dan Enn Salon, 38. Seki Paret, 39–40.
Diktater, 40–42. Longanis, 42. Ton Toulsi, 43. Yer Zordi
Dime, 44–45. Li Pa Sap Dan Lezer, 45–46. Balad Bay
Abou, 47. Wi Enn Ti Pei Me Enn Gran Lavi, 48. Kan Li
Vini San Panse, 49. Fer Fer, Les Fer, 49–50. Sirman Mo
Enn Pagla!, 50–51. Bourik Politikman Korek, 51–52.
Li Li Kone Li, 52–53. Nou Kwar Nou Kone, 53. Desten
ek Liberte, 54. Sak Lakrwaze So Vodor, 54–55. Ki Pou
Fer Gouna, 55. Sezon Pikan, Sezon Sab, 56. Konntou,
56. Peyna Sime Zegwi, 57. Ki Pou Kwar?, 57–58. Enn
Ti Pwen Ranpli Partou, 58. Dezord ek Liberte, 58–59.
Kapav Si Nou'le, 59. Sa Enn La, 59–60. Kan Montagn
Kasiet, 60. Andeor Ti-Kare, 60–61. Maladi Finn Vinn

Pinision, 61. Pou Dani Filip, 61–62. Domi ek Maryo, 62. Nikola, Direnn, Rama ek Hilda, 62–63. Lamour Responsab, 63. Liberte Responsab, 63. Sonet 1, 64. Sonet 2, 64. Sonet 3, 65. Sonet 4, 65. Sonet 5, 66. Sonet 6, 66. Sonet 7, 67. Sonet 8, 67. Sonet 9, 68. Sonet 10, 68. Sonet 11, 69. Sonet 12, 69. Sonet 13, 70. Sonet 14, 70. Sonet 15, 71. Sonet 16, 71. Sonet 17, 72. Sonet 18, 72. Sonet 19, 73. Sonet 20, 73. Sonet 21, 74. Sonet 22, 74. Sonet 23, 75. Sonet 24, 75. Sonet 25, 76, Sonet 26, 76. Sonet 27, 77. Sonet 28, 77. Sonet 29, 78. Sonet 30, 78. Sonet 31, 79. Sonet 32, 79. Sonet 33, 80. Sonet 34, 80. Sonet 35, 81. Sonet 36, 81. Sonet 37, 82. Lenfini, 83. Ti-Prenses, 83–84. Lanver-Landrwat, 84. Globaz San Baz, 84. Mesaz Dan Boutey, 85. Lamour?, 85–86. Lot Kote 2000, 86. Fit To Kreyon, 87. Site Ouvriyer, 87. Bann Oustad, 88. Labitid, 88. Lotri, 89. Esperannto Silvouple, 89. Kan Bizen Ale, 90. Mo Ti Gagn Per, 91. Beatris-Shakti, 91. Zezi Finn Mor Dan Vid, 92. Karya Prezize, 92. Zanfan, 93. Liniver Tourn Anron, 93.

[*Viv Enn Lot Manier*: Sanndya, 94. Aret Rabase!, 94. Friyapen, 95. Eta Bobok!, 95. Nou Bout Later, 95. Koze La Bizar, 96. Nouvo Kiltir Friyapen, 96–97. Bisiklet, 97. Bisiklet 2, 97–98. Global Warming, Global Warning, 98. Ouver Lizie! Ouver Zorey!, 98. To Pou Ale Mem!, 99. Ki Avtarr To Koze?, 99. Kan Maler Ena Loder, 100. Ayaya! Maya! Maya!, 101. Lakaz Zouzou, 101–102. Sakenn So Sakenn, 102–103. Jabet ek Obezite, 104. Aring-Bouring, Gouli-Dannta, 104. Faner Pikan, 105. Maya May Lespri, 105. Refer Parey?, 106. Kiserti!, 106. Tilae Dan Kazot, 106–107. Prezerve Pou Konsome,

So Fler, 174–175. Sir Koutta Gram, 175–176. Toule
Di-Zan..., 177. Lakaz Zouzou, 178. Lor Larout, 179.
Lasans?, 180. Tousel 1, 180–181. Tousel 2, 181. Tousel
3, 182. Kot Mo Batana, 182–183. Get Par Lafnet, 184.
Dan Nou Bann Napeyna Sa!, 185. Li Malad Matlo!,
185–186. Rapel Ki Profet Ti Dir?, 187–195. Sonet
Demiporsion [17 pieces], 196–199.

***

On 29 October 2011, Virahsawmy archived newly
constituted PDF collections of his oeuvre at <www.
dev-virahsawmy.org> (and mirrored at <www.
boukiebanane.orange.mu> as follows (detailed content
is only provided for new titles):

[Poetry] *Seleksion Poem an Morisien*. 317 pages.

[Plays] *Seleksion Teat an Morisien*. 287 pages.

[Literary prose] *Proz Literer an Morisien*. 391 pages.

[Translation/Adaptation] *Shakespeare an Morisien*. 489
pages.

[Translation/Adaptation] *Sey Konpran Koran an
Morisien*. 59 pages.

Volim 1 (Soura 1, 2... 93–114): *1*. Ouvertir, 4. *2*. Vas,
4–34. (93) Lalimier Gramaten, 35. (94) Konsolasion,
36. (95) Fig, 37. (96) Disan Kaye, 38. (97/1) Lanwit

Gran Desten, 39. (97/2) Lanwit Gran Revelasion, 40.
(98) Prev Kler, 41. (99) Konvilsion, 42. (100) Seval
Araze, Fonse, 43. (101) Katastrof Kraz Tou, 44. (102)
Plen Pos Ar Lapeti, 45. (103/1) Amizir Letan Pase,
46. (103/1) Kan Labrim Leve, 47. (104) Faner Lapipi,
48. (105) Lelefan, 49. (106) Tribi Kourraysh, 50. (107)
Labonte, 51. (108) Lasours Labondans, 52. (109/1)
Bann Ki Pa Kwar, 53. (109/2) Bann Ki Pa Kwar, 54.
(110) Laviktwar, 55. (111) Abou Lahab, 56. (112) Enn
Ek Tou, 57. (113) Barlizour, 58. (114) Limanite, 59.

[Poetry] *Mo Lapriyer an Morisien.* 12 pages.

Bondie Segner, 2. Plant Enn Pie, 3. Kifer Bizen Per?,
4. Kifer To Pa Touy Satan?, 5. De Kontrer Neseser, 6.
Kan Ego Tro Gro, 7–8. Retourn dan Komansman, 9. Pa
Konn Pardone, 10. Kifer?, 11. Berze dan Bez, 12.

[Translation/Adaptation] *Poezi Soufi an Morisien.* 49
pages.

Prolog, 2–3. Kit Sa Lemonn La Par Deryer, 4–10 (Maya,
Najmuddin Kubra, 'Attar, Sarmad, Sana'i, Baba Afzal
Kashani). Sekre: Premie Rankont, 11–16 (Abu Said
Abol-Khayr, Shamsuddin Maghrebi, Ayn al-Qozat
Hamadani, Shah Jahangir Hashemi, Salman Savaji,
Mahmid Shabestari). Revey, 17–25 (Nezami, Ayn al-
Qodat, Sana'i, Shah Da'i Shirazi, Hafez). Transadans
ek Paradox, 26–31 ('Attar, Ayn al-Qozat, Hafez, Helali).
Lamour, Aman ek Bieneme, 32–36 (Ayn al-Qozat,
Gharib Nawaz, Forughi, 'Attar). Lamor, 37–44 (Sana'i,

Nasimi, Saèb Tabrizi, Forughi, Ayn al-Qozat, Wahshi Bafqi, Kashani). Kan Tou Vinn Enn, 45–49 (Jami, Ayn al-Qozat, Amir Khosraw, Binavi Badakshani, Rumi, Eraqi).

[Translation/Adaptation] *Bhagavad Gita an Morisien.* 28 pages.

[Translation/Adaptation] *Labib – Sante Lamour Salomon an Morisien (Sante Lamur Pli Zoli ki Zoli).* 15 pages.

[Translation/Adaptation] *Labib: Zenez.* 26 pages.

[Translation/Adaptation] *Zistwar Baissac an Morisien Zordi.* 59 pages.

Zistwar Yev ek Torti dan Bor Basen Lerwa, 1–2. Zistwar Kolofann, 3–4. Zistwar Yev, Lelefan ek Labalen, 5. Zistwar Tizan Lake Bef, 6–7. Zistwar Bonom Flanker, 8–9. Zwazo Ki Ti Ponn Dizef Lor, 10–11. Zistwar Enn Malen Boug, 12. Zan ek Zann, 13–15. Zistwar Namkoutikouti, 16–17. Lelefan avek Yev, De Konper, 18. Zistwar Podann, 19–20. Zistwar Sabour, 21–22. Zistwar Tizann, 23. Loulou Ki Ti Oule Bril So Fam, 24. Dizef, Balye ek Sagay, 25–26. Zistwar Laklos, 27–28. Set Kouzin ek Set Kouzinn, 29–32. Zistwar Marie-Zozef, 33. Zistwar Bonfamm ek Voler, 34. Zistwar Trankil ek Brigan, 35–39. Zistwar Zako ek Torti, 40. Zako ar Irondel, 41–42. Zistwar Zova ek Kayman, 43–44. Zistwar Polin ek Polinn, 45–50. Yev,

Lerwa ek Zako, 51. Yev ek Lerwa Lelefan, 52. Zistwar Yev ek Kourpa, 53–54. Kor-San-Nam ek Kol-De-Ker, 55–59.

[Translation/Adaptation] *Omar Khayyam an Morisien.* 5 pages.

[Translation/Adaptation] *Jacques Prévert an Morisien.* 5 pages.

Barbara/Barbara, 1. Familiale/Zafer Fami, 1-2. Les Feuilles Mortes/Fey Sek, 2–3. Déjeuner du matin/ Nasta, 3–4. Le Temps Perdu/Pert–Tan, 4. Le Cancre/ Katar, 4-5.

[Translation/Adaptation] *Labib – Exzod an Morisien.* 40 pages.

[Translation/Adaptation] *Psom Pou 3em Milener - tex pou bale lirik trazi-komik* 40 pages.

***

Glossary

Flame tree: The Flamboyant (*Delonix regia*), a tree striking for its red foliage.

Banane (Morisien): Here, 'Happy New Year!'

Mazanbik (Morisien): Term used to describe dark-skinned descendants of slaves, from their (putative) origin in Mozambique.

ravane (Morisien): A large drum, consisting of a goatskin stretched over a frame and warmed over a fire before use.

Dalennatana, a Moris bahut atcha / Dan Lenn mete langouti / A Moris mete kalson palt (Morisien): Lines from an old sega, meaning "In India, in Madagascar/ In Mauritius all swell./In India loincloths, in Mauritius suits". The first expression can also mean "In India 8 annas"—an anna was formerly 1/16 of a rupee.

tilanbik (Morisien): Illicitly produced alcoholic beverage, especially rum (from the French *alambic*).

baïtka (Hindi, Bhojpuri): Literally, 'sitting place', a socio-religious association.

shivala (Hindi): Hindu temple.

kovil (Tamil): Hindu temple, specifically of the Tamil and Telugu communities.

Lascars (from Hindi *lashkar*): Originally pejorative term used to describe Muslims.

11+: a standardised test administered in the last year of primary school, when the students are 11 or older.

Matriculation: a standardised school-leaving exam, administered at the end of secondary school.

sandhya: daily practice of Hindu prayers performed by some castes.

kavti: fish or meat items.

ennalou: a wedding celebration.

Tekoma: a deciduous tree with pale pink or white flowers.

Pipik: a small bird of the Picidae family.

moksha (Sanskrit): Freedom from the temporal world of ordinary existence (from the Sanskrit).

Mau Mau: The name of a rebellion that pitted an anti-colonial group against British forces in Kenya between 1952 and 1960.

Foulous (originally Arabic): Slang for 'money'.

C

Dev Virahsawmy (b. 1942) is a Mauritian author who has been active in politics, in pedagogy and in promoting Morisien (Mauritian Creole). His literary works include plays such as *Li*, *Toufann*, and *Dernie Vol*; collections of poetry such as *Disik Sale*, *Petal ek Pikan*, and *Zwazo Samarel*; stories; teleplays; novellas; and one novel, *Souiv Larout Ziska*.... Virahsawmy's pioneering role in establishing Morisien as a literary language also includes translations of such world classics as *Hamlet*, *Candide*, *Pygmalion*, *Le Petit Prince*, *Der Struwwelpeter*, the Qur'an and the Bible.

Marina Carter is a fellow of the Center for South Asian Studies, University of Edinburgh. She is director of the Centre for Research on Indian Ocean Societies and of Pink Pigeon Press.

Françoise Lionnet is professor of francophone and comparative literature at the University of California, Los Angeles.

Siddick Nuckcheddy is a Mauritian painter. His numerous international awards include first prize at the Salon International de Giverny in 2010.

Shawkat M. Toorawa teaches Arabic, comparative and world literature at Cornell University in Ithaca, New York. He is chairman of The Hassam Toorawa Trust.

Pink Pigeon Press Titles

*Companions of Misfortune: Flinders and Friends
at the Isle de France, 1803–1810,* by Marina Carter (2003)

*Unshackling Slaves: Liberation and Adaptation
of Ex-Apprentices,* by Marina Carter
and Raymond d'Unienville (2000)

**Centre for Research on Indian Ocean Societies (CRIOS)
titles distributed by Pink Pigeon Press**

Grand Port: Untold Stories, by Marina Carter
and M. S. Hall (2010)

Across the Kalapani: The Bihari Presence in Mauritius, (2000)

'Cultural Legacies'

Flame Tree Lane / Lenpas Flanbwayan, by Dev Virahsawmy,
edited and translated by Shawkat M. Toorawa (2012)
—a Solitaire Book

Pink Pigeon Press specializes in the publication of
books about the history and culture of Mauritius, in the
southwest Indian Ocean. It is named for the Pink Pigeon,
a very rare species endemic to the island of Mauritius,
and is based in London, England.

www.pinkpigeonpress.com

℮

The Hassam Toorawa Trust's aim is thoughtfully to
contribute to the social, intellectual, and educational
life of Mauritius. In its work, the Trust welcomes,
promotes and celebrates diversity, debate, and rigour. Its
publishing imprint, 'Solitaire', is named for an extinct
flightless bird endemic to Rodrigues, Mauritius.

www.toorawatrust.org

CPSIA information can be obtained at www.ICGtesting.com
Printed in the USA
BVOW061248130512

290005BV00001B/1/P